当たり前に過ごす平和な日常……のハズだった
エリカ
マリエ

リオン
ルクシオン

ブレイブ
フィン
「俺はミアのためにも――
お前と戦うしかないんだよ」

ノエル
リオン
アンジェリカ
オリヴィア

乙女ゲー世界は★12
THE WORLD OF OTOME GAMES IS A TOUGH FOR MOBS.
モブに厳しい世界です

CONTENTS

THE WORLD OF OTOME GAMES IS A TOUGH FOR MOBS.

プロローグ

学園祭当日。

校舎前の広場には、数多くの屋台が並んでいた。

その中の一つで、俺【リオン・フォウ・バルトファルト】も店員として働いている。

熱した油の中にドーナツの生地を道具で形を整え投入し、様子を見ながらひっくり返していた。

膨らんで色が付いたら油から取り出し、シートを敷いたトレイに並べていく。

そのまま数分放置したドーナツにチョコなどをトッピングし、商品として飾り付けているのは友人の【ダニエル】と【レイモンド】だ。

俺たち三人は、学園祭でドーナツの屋台を出店していた。

——いや、四人かな？

『三、二、一——マスター、ドーナツを油から取り出して下さい』

「——おう」

ルクシオンが用意したマニュアル通りに作られたドーナツは、綺麗な色をしていた。

用意した生地、油の温度、揚げるタイミングと、ルクシオンが全て管理しているため、素人の俺たちが作ったにしては上出来だった。

多少は粗さも目立っているが、昼過ぎとあって客も多い。

並べてあったトッピング済みのドーナツは、ほとんどが購入されていた。

客入りも上々。

売り上げも上々だ。

一緒に屋台を出店したダニエルとレイモンドは、好調な売れ行きに笑顔が絶えない。

「飛ぶように売れるってこういうことだよな！」

「あんまり期待していなかったけど、これなら儲けられそうだよ」

喜んでいる二人の横で、俺は次のドーナツを用意し始める。

ルクシオンが、俺の様子を心配するような声で、話しかけてくる。

『このペースなら、売り上げは予定の一割増しになりそうです。廃棄ロスも減らせていますし、素晴らしい成果ですよ』

「そうか。それは良かったな」

『――マスターは嬉しそうではありませんね』

「儲かっているんだから、嬉しいに決まっているだろうが」

『先程から少しも表情に変化がありませんが？』

俺は朝から黙々とドーナツを揚げていた。

目の前の作業に集中していたかっただけなのだが、ダニエルまでもが心配している。

「本当に大丈夫か？　それが終わったら、リオンは休んだ方がいいぞ」

レイモンドもダニエルの意見に賛成らしい。

「何だか最近変だよ。心ここにあらず、って感じだね」

レイモンドの言葉に思い当たる節《ふし》があるだけに、俺は苦笑してしまう。

「色々とあるんだよ。何しろ、ローランドのせいで今の俺は大公だぞ。責任の重さに胃が痛くなりそうだよ」

少し前に、俺は正式に大公位を与えられた。

ホルファート王国では、公爵の更に上に位置する爵位だ。

かつてはファンオース公爵家が大公家だったのだが、ホルファート王国を裏切って公国を名乗った。

大公家には様々な権限が与えられるため、それ以降、ホルファート王国は裏切りを警戒して大公の位を誰にも与えてこなかった。

異例中の異例。

言ってしまえば、俺の大公即位は王国の歴史の中でも快挙である。

――まぁ、これもローランドの嫌がらせの一つだけどな。

出世を嫌がる俺の性格を理解しているローランドは、何かにつけて出世させてくる。

周囲からすれば贅沢な悩みなのだろうが、俺からすれば迷惑な話だ。

ダニエルとレイモンドが顔を見合わせ、俺を前にしてコソコソと二人で話をする。

「陛下を呼び捨てだぞ。怖いもの知らずにも程があるだろ」

「リオンだったら許されるだろうけどね。何しろ、あのラーシェルを叩きのめしたんだから」

ラーシェル神聖王国――ホルファート王国とは敵対関係にあった厄介な国だ。

現在はホルファート王国の管理下に置かれ、レパルト連合王国と共同で統治をしている。

俺はドーナツを揚げながら二人に、笑みを浮かべつつ言う。

「あいつは呼び捨てで良いんだよ。それで怒るようなら、大公の地位なんてさっさと返上してやるさ」

返上しても許してくれないだろうけどな。

――というか、今は色んなことがどうでも良く感じられる。

油からドーナツを取り出していると、レイモンドが他の屋台に視線を向けた。

数を数えているようだが、その表情は少し寂しげだ。

「やっぱり、一年生の頃より規模が小さいよね。屋台の数なんて半分以下だよ」

ダニエルは粗熱を取ったドーナツを飾り付け、トレイに並べていく。

「仕方ないだろ。ここ数年は大きな戦争が続いたからな。学園祭を開催できただけでも上出来だと思うぜ」

「それはそうだけど、何だか寂しく感じるよ。――一年生の頃に戻りたいとは思わないけど、それでもあの頃は活気があったから」

立て続けに起きた大きな戦争のせいで、ホルファート王国の国力は低下している。

本当ならば学園祭も中止になるはずだったのだが、師匠――新しい学園長が、それでは生徒たちが可哀想だと言って一日だけ開催してくれた。

生徒たちのことを考える師匠は素晴らしい大人である。

だが、やっぱり規模は小さい。

屋台の数は少ないし、出し物の数だって少ない。

俺たちが二年前を思って物悲しさを感じていると、金髪と黒髪の小柄な少女たちがやって来るのが見えた。

まるで姉妹のように見えるのは【マリエ・フォウ・ラーファン】と【エリカ・ラファ・ホルファート】である。

マリエがエリカの腕を引いて、学園祭を連れ回しているようだ。

二人の側《そば》には【クレアーレ】の姿がある。

ルクシオンと同じ浮かんだ金属の球体に、レンズの一つ目を持つ物体だ。

ルクシオンとの違いは色と、使用している人工知能だ。

嫌みと皮肉が多いルクシオンと比べて、クレアーレは陽気で付き合いやすいような性格をしている。

——もっとも、付き合いやすいのは表面上だけだ。

中身は「新人類は滅ぶべき」という危険思想を持った危ない人工知能であり、新人類相手なら怪しい実験だって平気で行う危ない奴だ。

そんなクレアーレだが、旧人類の特徴を持つマリエやエリカに対してはとても親切だ。

三人が俺たちの屋台に来ると、マリエが注文してくる。

「ドーナツをあるだけ頂戴！」

「マ、マリエさん？　そういう買い方はどうかと思うんですけど？」

無遠慮にドーナツを買い占めようとするマリエに、エリカは戸惑いながら注意する。

マリエは俺たちを前にして言う。

「別に良いのよ。どうせ売れ残って困ってるだろうし。買ってあげるのが人情ってものよ」

腕を組んで頷いているマリエに、ダニエルとレイモンドは苦笑していた。

俺はため息を吐いてから、屋台を出てマリエの頭を小突く。

「何するのよ！」

「サービスしてやるから買い占めるな。そもそも、お前の小遣いを出しているのは俺だからな」

「それは言わない約束でしょう!?」

小遣いの話をすると、マリエが目に見えてアタフタしている。

こいつのことだから、きっとエリカを前にして親らしく振る舞いたかったのだろう。

俺に小遣いをもらっているという情けない話は、されたくなかったらしい。

エリカの方は拳《こぶし》を口元に当ててクスクスと上品に笑っている。

「多分そうだと思っていましたよ」

最初からエリカに気付かれていたと知り、マリエは涙目になっている。

「うぅ～、リオンのせいでバレたじゃない」

「日頃の行いのせいだろうが」

俺は並べていた商品を幾つか手に取って、茶色の紙袋に入れ、マリエに押しつける。

「サービスしてやるから持って行け」

「いいの!? エリカ、一緒にドーナツを食べるわよ！」

マリエがエリカの手を引いて屋台を離れて行く。

「え、でもさっき食べたばかり――」

「いいから！」

その際、エリカは顔だけ振り返って俺を見ると、ちょっと申し訳なさそうに微笑みながらぺこりと頭を下げていた。

楽しそうなマリエの背中を見ていると、俺は不安から胸が締め付けられる。

表情に出ていたのか、ルクシオンが声をかけてくる。

『マスター』

「――あぁ、そうだな」

気持ちを切り替え、友人二人を振り返った。

勝手に売り物のドーナツをサービスしたので、その謝罪をする。

「悪いな。代金は俺が払うよ」

レイモンドが笑っている。

「別に良いよ」

すると、今度は馴染《なじ》みのない女子たちが、屋台にやって来た。

売り物がないので俺は彼女たちに言う。

「ごめんね。さっき売り切れたから、ちょっと時間が――」

「ダニエル先輩たちに会いに来ました！」

「え？」

ダニエルが屋台から身を乗り出すと、女子たちに手を振っている。

「もうすぐ休憩に入るから少し待っていてくれよ。リオン、お前は先に休憩に入れよ。そうしないと、俺たちも休めないだろ」

――女子たちの目的は、ダニエルとレイモンドだった。

浮ついた話を聞かないと思っていたが、この二人もちゃっかり後輩たちと良好な関係を結んでいるらしい。

◇

学園祭を楽しんでいる二人組がいた。

白い髪に褐色肌をもつ鋭い目つきの美青年の横には、不気味な黒い球が浮かんでいる。

一つ目の肉眼をキョロキョロと動かし、学園祭を興味深そうに見ていた。

もう一人――小柄な少女が、クレープを手に持ちながら食べ歩きをしている。

美青年【フィン・ルタ・ヘリング】は、食べ歩きをする少女【ミア】に困った顔で笑いながら注意をする。

「座って食べた方が良くないか？」

頬にクリームを付けたミアは、嬉しそうにフィンを見上げていた。

「私が小さい頃は、これくらい普通でしたよ」

ヴォルデノワ神聖魔法帝国出身の留学生たちは、異国の学園祭を楽しんでいた。

フィンはミアの頬についたクリームを指で取ってやると、そのまま口に運んで舐《な》める。

その行動にミアは顔を赤くして俯《うつむ》いてしまう。

「き、騎士様!?」

「失礼しました、我が姫様。ただ、いつまでも頬にクリームを付けているのは、はしたのうございます」

「知っていたら教えて下さいよ、もぉ～」

フィンの恭《うやうや》しい言動が余計に羞恥心を刺激して、ミアは顔を逸《そ》らした。

「わるかった。そう怒らないでくれ」

微笑ましそうにミアを見ていたフィンに、相棒である【ブレイブ】が近付いてくる。

口の周りを購入したお菓子のクリームで汚していた。

『相棒、俺も、俺も』

ドキドキしながら待っているブレイブを見て、フィンは呆れつつもハンカチを取り出して口元を拭ってやる。

「黒助、色々と食べたい気持ちは理解するが、もう少し落ち着いて食べたらどうだ？」

乱暴に口元を拭われたブレイブは、これじゃないと言って不機嫌になる。

『俺にもミアみたいに優しくしてくれよ、相棒！　あと、いつも言っているけど黒助じゃなくて〝ブレイブ〟!!』

「だから優しく拭いてやっただろう。あと、名前だってそんなに違わない」

『全然違うだろ！』

騒ぎ出すブレイブは周囲の視線を集めていたが、生徒たちはルクシオンで慣れているのか特別騒ぎ立てることはなかった。

ミアが悲しんでいるブレイブを慰める。

「泣かないで、ブー君。このクレープをあげるから」

『ミア――本当に俺が食べていいのか？』

「うん！　私は大公様の屋台でドーナツを買って食べるから！」

満面の笑みで答えるミアに、ブレイブは何とも言えない表情をしていた。

『飽きたから俺に押しつけただけじゃないのか？　まぁ、食べるけどさ』

素直に喜べないブレイブに、フィンは手を乗せた。

「ぼやくなよ。俺たちの姫様は食べ歩きをお楽しみ中だ。付き合ってやるのが俺たちの仕事だろ？」

『相棒って本当にミアには甘いよな。俺にもミアの半分でいいから優しくしてくれよ』

「また今度な」

軽くあしらわれたブレイブは、不満そうにしながらも歩き出す二人についていく。

そうしてリオンのドーナツ屋へ向かう途中、フィンたちは顔見知りの集団を発見した。

彼らを見るフィンの気持ちは複雑だ。

何も知らないミアが、彼らの方を見て呟く。

「王子様たちですね」

フィンは小さく頷いた。

「そう、だな。――まぁ、随分と楽しそうだ」

その三人組は、周囲の視線を集めていた。

小柄で癖のある短い金髪に、目つきの悪い王子【ジェイク・ラファ・ホルファート】が、長身の女子？　を挟んで隣に立つ男子【イーサン・フォウ・ロブソン】を睨んでいる。

「イーサン、俺とアーレの邪魔をするな！」

「邪魔とは心外ですね。私とアーレ嬢の学園祭の思い出作りを邪魔しているのは殿下ですよ」

一年生の男子二人が、二年生の女子？　を取り合って揉めている場面に見える。

二人の間で困った顔をしている【アーレ】は、喧嘩の仲裁に入る。

「二人とも、せっかくの学園祭ですから楽しみましょうよ。そうだ！　この先でバルトファルト先輩が屋台をしているそうですよ。噂だとおいしいドーナツを販売しているそうなので、三人で行ってみませんか？」

手を合わせて提案してくるアーレに、ジェイクもイーサンも折れたらしい。

互いに顔を背けて、アーレの提案に乗る。

「アーレの頼みであれば断れないな」

「構わないよ。それにしても、大公様が直々に屋台でドーナツを売っているなんて国は、ホルファート王国だけだろうね」

三人がフィンたちと同じ方向に向かって歩き出す。

フィンは三人を見て思う。

（この三人が、本来はミアの恋人候補だったと思うと複雑な気分だ。しかも、一人は性転換をして女性になっているからな）

三人ともあの乙女ゲーでは攻略対象の男子たちだった。

しかし、何の因果か、ミアと出会う前に揃いも揃って攻略対象の道から外れてしまっている。

フィンとしては、道を踏み外した時点でミアに相応《ふさわ》しくない者たちだと考えている。

彼らがミアの恋人にならず安堵《あんど》すると同時に、酷くモヤモヤする。

ミアという素晴らしい娘を無視して、攻略対象同士でイチャイチャしているのが気に入らないのが理由だ。

三人に見向きもされないミアだが、本人は気にした様子がない。

むしろ、今は幸せそうにしている。

「あのお三方は毎日楽しそうですよね。あ、勿論、ミアも毎日楽しいですよ！　体は元気になりましたし、それに――き、騎士様が側にいてくれますから」

照れながら言うミアに、フィンは少しだけ顔を赤くした。

「――我が姫様は専属騎士を褒《ほ》め殺しにするつもりですか？」

「え？　ち、違います、本心ですよ！」

二人が盛り上がっていると、ミアからもらったクレープを食べ終えたブレイブが前を指さしていた。

『おい、どうやら休憩時間らしいぞ』

「何？」

ブレイブが指をさした方向にフィンが顔を向けると、そこにはドーナツを販売している屋台で、雑な看板が立てかけられている。

準備中と書かれ、再開は十四時以降と書かれていた。

そんな店先で暴れている女性が一人。

他には男子と女子が一人ずつだ。

「準備中って何よ!?　せっかく来たのに、いないとかどうなっているの!?」

声を荒らげているのは、リオンの姉【ジェナ】だった。

学園を卒業した彼女だが、今日はめかし込んで学園祭を楽しんでいるらしい。

周囲を見れば、ジェナと同様に学園に来ている卒業生たちの姿がチラホラ見える。

大声を出すジェナに呆れているのは、リオンの妹である【フィンリー】だ。

こちらは落ち着いているというか――冷めている。

「結構売れていたみたいだし、買い出しにでも出たんじゃないの？　というか、兄貴にお菓子作りの才能があるなんて初めて知ったわ」

「フィンリー、あんたは甘いのよ！　私が学園にいた頃は、こんな屋台があったらクレーム殺到だったわよ」

「――お姉ちゃんの頃は、でしょ？　何年前の話だと思っているの？」

冷静に言い返すフィンリーに、ジェナは苛立ちから拳を握っていた。

「まだ卒業して二年も経ってないわよ！」

店先で姉妹喧嘩をする二人に困っているのは、ジェイクの乳兄弟である【オスカル・フィア・ホーガン】だった。

「お二人とも喧嘩は駄目ですよ。ドーナツが食べたいなら、自分が学園の外で買ってきますから」

オスカルの反応に、ジェナは感激して瞳を輝かせた。

「流石《さすが》はオスカル様！　どこかの愚弟と違って素晴らしい男性だわ。こんな素敵な人が恋人なんて、私ってば幸せよね！」

年下の美青年の彼氏がいると叫ぶジェナに、周囲の女性たちからは、少なくない嫉妬のこもった視線が向けられていた。

本人はそれに気付いているようだが、少しも悪びれる様子がない。

きっと周囲に自慢しているのだろう。

最初からジェナの魂胆を見抜いていたフィンリーが、冷めている原因である。

「――はぁ、何で私は姉の自慢に付き合わされているのかしら」

疲れた顔でため息を吐くフィンリーには、苦労人という雰囲気が漂っていた。

三人の様子を見ていたミアが、残念そうにする。

「大公様は出かけているみたいですね。ドーナツを食べたかったのに残念です」

寂しそうにするミアを見て、フィンはその肩に手を置いた。

「ミア」

「騎士様？」

「任せろ――俺がリオンを見つけ出して、すぐにドーナツを作らせるから」

「え？　そこまでしなくていいんですよ、騎士様!!」

制止するミアの声を聞きながら、フィンは告げる。

「お前の望みは俺が叶えてやる」

「そこまでして欲しいとは言ってませんよね!?」

二人の様子を見ていたブレイブは、呆れつつも少し嬉しそうに呟く。

『ミアが元気になっても、相棒の過保護ぶりはそのままだな。ヤレヤレだぜ』

◇

校舎裏に来ると、先にクレアーレが到着していた。

俺とルクシオンが来たとわかると、すぐに近付いてくる。

――普段の陽気さはなりを潜め、代わりに焦燥感が伝わってくる電子音声だった。

『マスター！』

「エリカの具合は？」

単刀直入に知りたいことだけを尋ねると、クレアーレが俺の周囲に映像を投影し始める。空中に映し出された映像は、エリカが苦しんでいる様子が動画で再生されたものだった。

『ついさっきまでに二回も発作が起きたわ』

「――マリエが連れ回したせいか」

口元に手を当てる俺に、クレアーレは答えなかった。

それが、肯定を示しているのだろう。

マリエの行動がエリカを苦しめている、と。

答えないクレアーレに代わり、ルクシオンがマリエを庇う。

『マリエはエリカの体調について何も知りません。学園祭でエリカを連れ回しているのも――』

「わかっているよ。前世の償《つぐな》いだ。親らしいことをしてやれなかったから、今になって取り返そうと必死だよな」

マリエの善意が、エリカの体調を悪化させている。

本来ならば止めるべきだったのだが、これを拒否したのはエリカ本人だ。

『エリカちゃんが、このままマリエちゃんとの思い出を作らせて欲しいって言っているの。どうやっても、当分の間は離れ離れになるだろうから、って』

エリカにとっての思い出作りではない。

多分だが、マリエのために思い出作りをしているのだろう。

エリカは俺たちと同じく前世を持っている。

前世はマリエの娘として生まれ、お婆さんになるまで生きていたと聞いている。

俺たちよりも人生経験は豊富である。

そんなエリカが自分の命を削ってまで望んだのは——前世の母への恩返しだった。

マリエはエリカを楽しませて一緒に思い出を作ろうとしている。

そして、エリカはマリエのために一緒に過ごした思い出を残そうとしている。

前世で叶わなかった親子の夢を実現しているわけだ。

「できすぎた姪を持つと苦労するよな。おかげで、サポートする方は大変だ」

何も出来ない自分を誤魔化すように、本音とは違う愚痴をこぼした。

情けない——俺は自分が情けなかった。

クレアーレが現状について俺に報告してくる。

『エリカちゃんの病状だけど、魔素が影響していることは突き止めているのよ。でも不思議よね。魔素を克服したはずの新人類の末裔が、どうして魔素を苦手にしているのかしら？　転生者だから影響が出ているなら、マスターたちにも何かしら変化が起きているだろうし』

魔法が使える新人類の末裔が俺たちだ。

それなのに、エリカの体は魔法を発生させる魔素を苦手としていた。

俺たちが黙ってしまうと、ルクシオンが言う。

『旧人類の特徴が強く出ていますからね。その影響でしょう。ともかく、このままではエリカの命に関わります。マスター、予定していた計画を実行に移すべきです』

「――わかっているよ。わかっているんだよ。けど、それをしたら――マリエはエリカと二度と会えない可能性だってあるんだろ？　ルクシオン、お前だって」

『エリカを助けるためです。それに、案外早く治療法が見つかるかもしれません。そうなれば、マスターとも再会できますよ』

俺が口を閉じて俯くと、クレアーレが計画について説明してくる。

『それじゃあ、エリカちゃんをコールドスリープで保管して、ルクシオンの本体に乗せて大気圏外へ向かわせるわ。宇宙まで出れば、流石に魔素の影響もないから安全よ』

魔素というのはこの惑星を覆っているらしい。

だが、宇宙に出ると魔素は存在しないようだ。

魔素の影響力から逃れるには、宇宙に逃げるしかない。

そうなった場合、移民船であるルクシオンが適任だった。

俺はルクシオンに再度確認する。

「本当にいいんだな？」

『構いませんよ。私以外に適任がいませんからね。それよりも、私の本体が宇宙に出ればマスターのサポートができなくなります。――マスター、寂しいからといって泣かないで下さいね』

「――馬鹿野郎が。口うるさくて嫌みや皮肉しか言えないお前がいなくなれば、逆に清々する。お前こそ、寂しくなって泣くなよ」

『人工知能は泣きませんよ』

「どうだかな。お前ら、妙に感情的だろ？　泣いていても驚かない自信があるね」

『そんな自信は必要ありませんよ。そもそも、私がマスターと一緒にいなければ不安定になるという考えが間違いです。私はマスターと出会う前に、どれだけの時間を単独で過ごしてきたと思っているんですか？』

二人で喋っていると、クレアーレが呆れた声を出す。

俺たちの会話を聞いていられない、という態度だ。

『方針が決まったようだから、私はエリカちゃんの側に行くわね。それから、計画を実行するなら早い方がいいわよ。――エリカちゃんのために用意した薬だけど、段々と効果が低下しているわ』

クレアーレがそう言って去って行くと、俺とルクシオンが取り残された。

俺は校舎を背にして座り込み、右手で顔を隠した。

「まったく――マリエに何て言って説明すればいいんだよ？　あいつ、絶対に泣き喚《わめ》いて面倒になるぞ」

『告げるなら早急にお願いします。あまり時間がありません。エリカの望んだ幸せな思い出作りも達成しました。これ以上、引き延ばすのはお勧めしません』

「――わかっているさ。学園祭が終わって落ち着いたら、俺からマリエに説明する」

第01話「最後の学園祭」

「やっと終わったぁ～」

学園祭で展示が行われていた教室では、【ノエル・ジル・レスピナス】が椅子に座って天井を見上げ、深いため息を吐いていた。

教室内に展示されているのは、アルゼル共和国に関わる物品や資料である。

アルゼル共和国出身であるノエルがいるのだから、異国の文化を知る良い機会だということになり、学園祭の出し物として展示が行われた。

実行委員会に参加するアンジェに頼まれ、ノエルは渋々受け入れた。

そうして当日である今日、ノエルは展示の説明役だった。

「お固い展示になんて、誰も興味がないと思っていたのにさ。朝から今までずっとお客さんが来るとは思わなかったわ」

アルゼル共和国の文化を知ろうと、訪れる客はそれなりにいた。

休憩時間を除けば、ノエルはずっと忙しかった。

手伝いをしているオリヴィア――【リビア】は、机の上に置かれた物品を箱に入れている。

「お疲れ様でした。今日は忙しかったですね」

手伝いをしていたリビアは、ノエルほどではないが疲れているようだ。

そんなリビアが片付けを一人で行っているのは、絶え間なく質問攻めに遭ったノエルが疲れ切っているためだ。

ノエルがようやく席を立って片付けを手伝う。

手を動かしながら、学園祭への不満をこぼす。

「せっかくの学園祭だったのにさ。休憩時間にリオンのドーナツ屋を見に行ったら、まさかの準備中だよ。評判が良いって聞いていたから楽しみにしていたのに」

休憩時間にリオンを訪ねたが、結局会うことはできなかった。

ドーナツを食べ損ねたのが心残りらしい。

リビアも同様だ。

「結局、私たちのお昼は、ユリウス殿下に捕まって串焼きになりましたからね」

「おいしかったけど、何度も食べているから新鮮味がなかったわよね」

「学園外のお客さんには好評だったみたいですよ。王子自ら焼いた串焼きを食べられるのは、学園祭だけだろうって。味の評判も良かったみたいです」

学園祭でユリウスは串焼きの屋台を出していた。

他の四人も同様だ。

ノエルが指で数えながら、五馬鹿の出し物について話をする。

「他に好評だったのはクリスさんの甘辛い麺料理だっけ？」

「グレッグさんのホットケーキみたいな食べ物もおいしかったですね。奇抜すぎてお客さんは選びますが、それなりに人は来ていましたよ」

「でも、本人は納得していなかったわよね？　微妙な顔で作っていたし」

「本当は鶏肉を焼いて販売したかったそうです。ただ、ユリウス殿下とかぶると言われて、リオンさんに強制的に変更させられましたから」

五馬鹿たちが学園祭で出し物をしている理由は、本人たちが希望したから。

そして、リオンの命令でもある。

ノエルは残った二人の話になると、微妙そうな顔をする。

「ブラッドさんの出し物は、何だか見ていて居たたまれなくなったわ」

「お客さん、少なかったですからね」

苦笑するリビアが言う通り、ブラッドが出した見世物小屋は失敗に終わった。

手品を披露していたのだが、不器用なのか失敗を重ねていた。

そして、最後の一人――ジルクの話になると、二人とも表情が消える。

「ジルクさんの喫茶店は最悪だったわね。食べ歩きも終わったから、最後に少し休もうと立ち寄ったのが駄目だったわ」

食べ歩きで昼食を済ませた二人が、残りの休憩時間を過ごそうと立ち寄ったのはジルクの喫茶店だった。

空き教室を利用した喫茶店で、二人はしばらく休もうとした。

それが全ての間違いだった。

「独特な匂いと味のする紅茶とお菓子に加えて、お店の内装が奇抜すぎて少しも休めませんでしたからね。――入ってきたお客さんたち、何組も部屋に漂う匂いで諦めて帰りましたし」

顔見知りであった二人は、引き返すことができずに紅茶とお菓子を注文した。

結果は散々である。

午後からも展示の説明で頑張らなければならなかったのに、喫茶店でやる気を大きく削がれて大変だった。

ノエルは、この場にいないリオンへの不満を大声で叫ぶ。

「何でジルクさんに喫茶店をやらせたのよ！　リオンが自分でやれば良かったじゃない！」

リオンがやっていれば、絶賛はされずとも無難な喫茶店になっていたはずだ。

ルクシオンが手伝ったなら、きっと大盛況だっただろう。

だが、何故かリオン本人は、ドーナツ屋をやると言い出した。

リビアも不自然に思っているらしい。

「一年生の頃は、大金をかけて喫茶店を開きましたけどね。今年も絶対にやると思っていましたから、アンジェと二人で驚きましたよ」

「お茶が趣味って日頃から公言しているのにね。――というか、最近のリオンってどこかおかしくない？」

ノエルがリオンの様子についておかしいと言えば、リビアも感じていたようだ。

「何だか悩んでいますよね。私たちに相談してくれたら良いんですけど、リオンさんは色々と隠し事が多いですから」

寂しそうに言うリビアを見て、ノエルが眉根《まゆね》を寄せる。

この場にいないリオンへ腹が立ったためだ。

「リオンは本当に秘密主義だよね。――今回は何を隠しているんだか」

教室内が暗い雰囲気に包まれ始める。

二人が片付けを再開すると、教室に【アンジェリカ・ラファ・レッドグレイブ】がやって来た。

「まだ片付けをしていたのか？」

二人が片付けをしているのを見て、アンジェは少し困った顔をしていた。

「明日から連休に入る。片付けは明日にして、お前たちも上がったらどうだ？　実行委員会も見回りを終えて引き上げたぞ」

アンジェの話を聞いたノエルは、教室内に視線を巡らせながら答える。

「そんなに時間もかからないし、さっさと終わらせるわよ」

「そうか。それなら、私も手伝おう」

片付けを手伝い始めるアンジェに、リビアは申し訳なさそうにしていた。

「実行委員のアンジェは、私たちより忙しかったはずですよね？　休憩時間も取れていなかったはずですし」

心配されたアンジェは苦笑する。

「私一人戻っても暇だからな」

そう言って重い荷物を持ったアンジェだったが、朝から忙しく動き回った上、まともに食べていないため「くぅぅぅ」とお腹を鳴らした。

気まずそうにするアンジェは、少し顔を赤らめながら言う。

「は、早く終わらせて夕食にするぞ」

リビアはアンジェの様子に微笑んでいた。

「そうですね」

ノエルもお腹が空いているので、さっさと片付けてしまうことに賛成する。

「三人もいればすぐに終わるわね」

片付けが再開されると、教室に近付いてくる足音が聞こえてきた。

三人が教室の入り口にパッと顔を向けたのは、足音だけではなく漂ってくる匂いが原因だった。

おいしそうな匂いをまとわせて、教室に入ってくるのはリオンだ。

「お疲れ～、それとドーナツはいかが？」

茶色の紙袋に入っているのは、三人が食べ逃したドーナツのようだ。

微笑むリオンに文句でも言ってやろうとするノエルだったが、おいしそうな匂いを前にお腹を鳴らしてしまう。

「あっ!?」

お腹を押さえるノエルを見て、リオンは笑っていた。

「丁度良かったみたいだな。それじゃあ、一緒に食べない？　飲み物も用意してきたんだ」

水筒を持ち上げて見せてくるリオンを見て、アンジェは肩をすくめた。

「随分と準備がいいな。さては、ルクシオンの入れ知恵か？」

三人の視線が、リオンの右肩付近に浮かんでいるルクシオンに向かった。

ルクシオンはアンジェの反応に動じていなかった。

『アンジェリカの推測は当たっています。これはマスターの日頃の行いが悪いせいで、気を回したのが私だと見抜かれたのでしょうね』

言われたリオンは拗《す》ねたように振る舞う。

「どうせ俺は気の利かない男だよ」

そんなリオンに近付いたノエルは、紙袋を持つ手に抱きつく。

「怒らないでよね。それよりもドーナツを食べようよ。お昼に覗きに行ったら、準備中で食べられなかったんだからね」

「――悪かったよ」

申し訳なさそうな態度を見るに、リオンも気にかけていたのだろう。

◇

「はぁ～、このドーナツ本当においしいですねぇ」

シンプルなドーナツを一口食べたリビアは、気が緩んでほんわかした雰囲気を出している。

甘い食べ物が、空腹と疲れに染《し》み渡って癒してくれる。

ノエルの方はドーナツを食べながら、少し驚いていた。

「ちょっと温かいわね。もしかして、わざわざ私たちのために用意してくれたの？」

作ってそんなに時間も経っていないのを見抜いたようだ。

リオンは紅茶を飲みながら事情を話してくれるが、ドーナツには手を付けていなかった。

どうやら、お昼は余り物のドーナツで済ませたらしい。

作りすぎて食べたくないのか、紅茶だけを飲んでいる。

「材料が余っていたから、最後に作ったんだよ。ルクシオンも、三人がお腹を空かせているって言うからさ」

ノエルとアンジェが、ルクシオンに鋭い視線を向けていた。

「覗いていたの？」

「お前は油断も隙もないな」

お腹を空かせている、などと婚約者に知らせずともいいだろうに——そんな二人の怒りをルクシオンは察していなかった。

『空腹であったのは事実であり、マスターが食べ物を用意するのは間違っていませんでした。おかげで、マスターは食品ロスを減らし、お三方はお腹を満たせます。何の問題があるのでしょうか？』

女心を察しないルクシオンに、アンジェがやや声を大きくする。

「私たちだって乙女だぞ。恥じらいというものがある」

『マスターは乙女でなくなっても、お三方を大事にするので問題ありません』

我関せず、という態度だったリオンが咳《せ》き込んだ。

「俺を話題に出すなよ」

少しばかり騒がしい休憩時間を過ごしていた。

ただ、リビアだけは一歩引いてルクシオンの様子をやや警戒しながら見ている。

(心配しすぎかな？　でも、時々何だかルク君は怖い雰囲気を出すし——)

以前に見た悪夢が思い出される。

それは、ルクシオンが王都を火の海にする夢だ。

ただの夢だとリビアも理解はしているが、鮮明すぎて現実感のある夢だった。

まるで自分に何かを訴えているような。

リビアも確信を持っているわけではなく、ただの思い過ごしであって欲しいと願っている。

だが、どうしてもルクシオンを警戒してしまう。

夢の中で王都を火の海にしたルクシオンは、本当に恐ろしい存在であると認識させてくれた。

リオンと冗談を言い合っているが、今からでも本気を出せば世界を滅ぼせるのだろう。

自分たちがとても恐ろしい存在の側にいる——リビアは嫌でも意識していた。

リビアが考え込んでいると、アンジェが最後のドーナツを手に取ってニコリと子供のように微笑みながらかぶりつく。

随分とおいしそうにドーナツを食べる姿は、リビアを温かい気持ちにさせてくれる。

ふと、リビアは不思議に思う。

「アンジェってそんなにドーナツが好きでした？　以前はそんな風に見えませんでしたよ」

街に出て食べた時は、ここまで笑顔ではなかった。

リビアに言われてアンジェも気付いたのだろう。

照れた様子で両手にドーナツを持ち、口元を隠した。

「あまり意識していなかったが、私の好みらしい。何だか安心するというか、食べていると落ち着く」

自分でも原因はわからないようだ。

アンジェの話を聞いたリオンは、それならば、と提案する。

「好きならルクシオンに用意させようか？　俺よりおいしく作ってくれると思うよ」

話題を振られたルクシオンが、赤い一つ目を頷くように動かす。

『すぐに量産して届けますよ』

機械で大量に生産すれば、味も品質も素人のリオンが用意したドーナツ以上になるだろう。

だが、アンジェは頭《かぶり》を振る。

「気持ちの問題だ。リオンが私たちのために用意してくれたのだろう？　多分、その気持ちが嬉しいんだと――お、思う」

恥ずかしそうに言うアンジェに、ノエルは意地の悪い笑みを浮かべていた。

「アンジェリカってば意外だね。一流の料理人が用意した料理しか認めないのかと思っていたわ」

「私をそんな目で見ていたのか？　一度、ノエルとは腹を割って話をする必要がありそうだな」

笑みを浮かべるアンジェだったが、その目は笑っていなかった。

ノエルはまずいと察して、強引に話を逸らす。

「それよりも！　明日からの連休は何をして過ごす？　いっそみんなで一緒に出かけてみない？」

ノエルが話題を逸らしたことに気付きながら、リビアは休日の話題に乗る。

「そうですね。たまにはみんなで――」

みんなで出かけるのもいいかもしれない、と言い終わる前に教室に大勢が押し寄せてくる。

バタバタと騒がしく乱入してくる彼らに、リオンを始めリビアたちもゲンナリした顔になった。

ただ、無遠慮な彼らは気付いていないらしい。

「リオン、頼むからハッキリさせてくれ！」

入ってくるなりブラッドがそう言うと、面倒を持ち込まれたと思ったリオンが心から嫌そうな顔をしていた。

「何の話だよ」

続いて入室してくるジルクが、僅かに焦った様子で事情を説明してくる。

「実は出し物の順位を決める話になりましてね。残念なことに、私とブラッド君は売り上げが芳しくありませんでした。ですが、ブラッド君よりは私の方が勝っていると、いくら言っても聞いてくれないのですよ」

どうやら、ブラッドとジルクで最下位争いをしているらしい。

リオンは心底どうでも良さそうにしていた。

「俺が屋台をやれと言ったのに、無視したのはお前たちだろ？　まぁ、いいや。ルクシオン、売り上げの結果は？」

『売り上げとしては僅差でジルクが勝っていますが、クレームなどを考慮するとブラッドの勝利でしょう』

何とも悲しい最下位争いだ。

リビアは心の中で呆れつつも、不思議な縁を感じていた。

（たったこれだけのために、リオンさんとルク君の判断を仰ぎに来たのかな？　そういえば、一年生の頃も学園祭の出し物で競っていたような――あの頃は、殿下たちとこんな関係になるとは想像もしていなかったけど）

一年の頃の話だが、リオンは学園祭で五馬鹿と勝負をしていた。

どのように勝ち負けを決めるのかわからず、結果は有耶無耶《うやむや》になってしまった。

あれから二年が過ぎたわけだが、今は何故かリオンが五馬鹿の面倒を見ている。

（人生って不思議だよね）

結果を聞いたブラッドは両手を上げて喜び、ジルクは唖然としていた。

「ほら見ろ！　やっぱり僕は最下位じゃなかった！」

「あ、あり得ない。私が下手くそな手品に負けるなんて――」

「へ、下手くそ!?　君はそんな風に思っていたのか！」

最下位争いに一喜一憂している二人を見る周囲は、何とも言えない顔をしていた。

絶望しているジルクの後ろでは、クリスやグレッグ、そしてユリウスの姿がある。

クリスは気持ちの良い汗をかいた、と言いたげな笑顔だ。

「二人はともかく、他は好調だったな。私もお気に入りの法被《はっぴ》を着て屋台を出したが、思いのほかしっくりきた。何を作らされているのかわからなかったが、悪くなかったよ」

グレッグの方だが、肩を落として落ち込んでいる。

「俺の方は微妙だな。そもそも、あんな物で筋肉がつくのか？　やっぱり俺は、肉を売りたかった」

悔しそうにするグレッグの後ろでは、五人の中で一番繁盛したユリウスが自信満々に立っている。

「お前たちも悪くなかったが、俺に勝つのは無理だったようだな。俺と勝負がしたいなら、もっと腕を磨くことだ。俺はお前たちの挑戦をいつでも受けるぞ」

五人の中で一番になったのが嬉しいようだが、そこにルクシオンが水を差す。

『最終的な売り上げで勝利したのはマスターです。勝ち誇るのならば、もっと売り上げを上げてからにしてもらいましょうか』

ユリウスが急に悔しそうな顔をすると、リオンに指をさす。

「リオン！　来年こそリベンジを果たしてやるから覚悟しろ！」

勝負を挑まれたリオンは、呆れた顔をしている。

それも仕方がない。

何しろ――。

「俺たちの学園祭は今年で終わりだ、ボケェ。留年したいなら一人でしろ」

――リオンたちにとって、これが最後の学園祭なのだから。

今年で終わりというリオンの言葉に、皆が寂しげな表情をする。

ただ、一人だけ――ユリウスは先程の勢いが嘘のように、小声になっていた。

「俺だけ留年しろとか、本気じゃないよな？　なっ？」

リオンに冷たくあしらわれたことで、不安になっていた。

第02話「野郎二人と相棒たち」

ヴォルデノワ神聖魔法帝国。

首都である帝都は城塞都市であり、二つの高い壁に守られている。

二重の円に見える帝都の中央には、高くそびえる城があった。

城の謁見の間には、皇太子——代替わりを果たした皇帝【モーリッツ・ルクス・エルツベルガー】が、高座にある玉座に腰を下ろして家臣たちを見下ろしている。

二十代後半の青年は、もみあげと繋がった髭《ひげ》を生やしていた。

褐色肌で筋骨隆々の大きな体でもあって、血気盛んな印象を与える風貌をしていた。

普段は荒々しく、皇太子の頃は落ち着きが足りないと評された男だ。

しかし、今のモーリッツには皇太子の頃のような勢いがない。

僅かに青い顔をしていた。

そんなモーリッツに、歴戦の猛者《もさ》である将軍【グンター・ルア・ゼーバルト】が問い掛ける。

「本当によろしいのですかな、陛下？」

「——他に道はない」

モーリッツが声を絞り出して答えるが、その顔は苦悩していた。

自分の決断に悩んでいるモーリッツの後ろには、二メートルの大きさを持つ球体が浮かんでいる。

黒く、大きな肉眼の一つ目を持つ異様な存在――【アルカディア】は、目を弓なりに細めて嬉しそうにしながら、モーリッツの決断を称える。

『そうだよ、皇帝陛下。君は正しい決断をした。だから、そんなに落ち込むことはない』

モーリッツの後ろに控えるアルカディアに、グンターは眉根を寄せる。

家臣たちから見れば、モーリッツは既にアルカディアの傀儡《かいらい》だった。

だが、それを諌める家臣たちはいない。

グンターも帝国に対して忠誠心を持つ将軍ではあるが、アルカディアを廃することは現時点で出来ないと考えていた。

(モーリッツ様を誑《たぶら》かし、先代カール皇帝を亡き者にした魔法生物が偉そうに)

すぐにでもアルカディアを廃してモーリッツを助けたい気持ちもあるが、残念なことにグンターでは勝負にならない。

急に現れ、帝国で好き勝手に振る舞うアルカディアに、不満を持つ者たちは大勢いた。

モーリッツの即位を反対した皇族たちが、自分たちの影響下にある軍を動かしたことがある。

無視できる数でもなく、あわや帝国を二分にする戦争が起きるだろうと誰もが予想していた。

しかし、アルカディア本体が出撃し、抵抗する勢力を一掃してしまった。

その圧倒的な武力を前にしては、グンターでも容易に事を起こせない。

そして、命をかけてアルカディアに挑むにも、ためらわせる存在がいた。

――ホルファート王国だ。

アルカディアは本体の割に小さな両手を広げると、モーリッツに提案という名の命令を出す。

『皇帝陛下、それよりも早く王国にいる姫を連れ戻さないとね』

王国にいる姫と聞いて、モーリッツの表情は苦々しくなった。

「――親父も面倒なことをしてくれる」

先代皇帝カールの隠し子――【ミリアリス・ルクス・エルツベルガー】の存在は、モーリッツにすればどうでも良かった。

わざわざ連れ戻す必要性を感じていないようだ。

だが、父親を殺した罪悪感から、隠し子を保護してやるくらいしてやってもいい、そんな風に考えたのだろう。

「王国に使者を出せ」

モーリッツの命令に、アルカディアは大きな口を三日月の形にして笑っていた。

『ふふっ、私は姫を迎える準備をするとしよう。盛大にお迎えしないといけないからね』

その様子があまりにも不気味で、グンターが冷や汗を流す。

(先代の隠し子を王国から連れ戻し、何をするつもりだ？)

アルカディアの異様な様子を見て、謁見の間にいる家臣たちは「皇女に何かよからぬことをするのではないか？」と考えていた。

連れ戻され何をされるのか？

モーリッツはアルカディアに背を向けているので、その表情が見えていない。

また、自分が出した決断に苦しんでおり、家臣たちの様子に気を配る余裕がないようだ。

(このような化け物に頼らねばならぬとは)

グンターは、この状況を見ているしかできない自分を恥じて手を握りしめた。

◇

学園祭が終わると、生徒たちに待っているのは連休だ。

連休初日こそ学園祭の片付けをする生徒たちを校舎で多く見かけたが、二日目になると残っているのはごく僅かだ。そのごく僅かの中には、俺とフィンも含まれている。

俺とフィンは相棒たちを連れて、茶会室に来ていた。

普段なら俺が紅茶を用意するのだが、今日はフィンがコーヒーの用意をしている。

豆から用意しており、部屋の中にはコーヒーの香りが広がっていた。

「ミアの買い物に付き合わせて悪かったな。男の俺では、どうしてもフォローしきれない部分もあるから助かった」

礼代わりで用意されたコーヒーを受け取った俺は、別に構わないと言いつつ本音もこぼす。

「俺は何もしていないから、礼ならアンジェたちに言ってくれ。それより、今日は紅茶の気分だったんだけど?」

俺の本音にフィンが呆れている。

「素直に黙って飲めないのか？　毎日、同じ物を飲んで飽きているだろうと思って、お前のために用意したんだぞ」

「飽きないね」

その日の気分に合わせて茶葉を変えている。

注ぎ方だって様々だ。

前世を思い出す味もあれば、この世界ならではの茶葉だってある。

一括りにされては困る。

俺がコーヒーを一口飲むと、思ったよりも苦くなかった。

「これうまいな」

感心してしまったせいで、つい本音が漏れてしまった。

フィンの奴は「そうだろう？」と言いたげに俺を見ている。

自分は立ったままコーヒーを味わうように飲み、それからホッと一息吐くと少し申し訳なさそうにしていた。

「ミアが元気になってくれて嬉しいが、喜んでばかりもいられないな。お姫様、また倒れたんだって？」

エリカのことを心配するフィンだが、俺は事情を話していなかった。

ミアちゃんが元気になった代わりに、エリカの病状が悪化したと聞けばきっと気に病む。

「治療法は探しているから心配するな。それに、悪化を防ぐ方法はもう用意してあるんだ」

そう言いながらルクシオンを見る。

ルクシオンは、コーヒーが熱くて飲めないブレイブを見ていた。

ブレイブは息を吹きかけてコーヒーを冷まそうとしている。

フィンは安堵して胸をなで下ろしている。

「それを聞いて安心した。何か手伝えることがあったら言ってくれよ。お前はミアの恩人だからな」

「その時は遠慮なく頼らせてもらおうか。——それはそうと、カールさんから返事は来たのか？」

カールさんの話題を出すと、フィンが不機嫌な顔をする。

俺ではなく、カールさんに腹を立てていた。

「こっちから何度も手紙を出しているが、返事が来ない。随分と忙しいみたいだが、あのおっさんがミアの手紙に返事をしないなんて初めてだ」

フィンは小声で「ミアを悲しませやがって」とブツブツ文句を言っている。

フィンの話を聞いて、不審に思ったルクシオンが俺に話しかけてくる。

『帝国で何か起きているのではありませんか？　最近、帝国の動きがおかしいと王都で噂が広がっております』

「面倒事でも起きたか？」

コーヒーを飲みながら心配していると、フィンが肩をすくめる。

「心配しなくても、帝国で騒動が起きたら、あのおっさんが自力で解決するさ。揉め事が起きても、俺以外の魔装騎士が対処するはずだ」

ヴォルデノワ神聖魔法帝国は、この世界において現時点で最強国家だろう。

国土も広大ならば、所有しているロストアイテムの数も多い。

フィンの口振りからすると、魔装のコアを複数所持しているようだ。

つまり、フィンのような魔装騎士が複数人も存在している厄介な国である。

ホルファート王国ですら敵《かな》わない超大国だな。

ルクシオンがフィンの話に食いつく。

『実に興味深いですね。魔装騎士——魔装のコアは幾つ存在しているのですか？』

戦力を聞き出そうとするルクシオンだったが、会話にブレイブが割り込んできた。

フィンを守るように前に出て、小さな両手を広げる。

『相棒、油断するんじゃない！　こいつは相棒の話から、俺たちの戦力を計算しているんだ。油断も隙もない奴だぜ』

警戒するブレイブに、ルクシオンはわざとらしくあざ笑うような電子音声を出す。

ブレイブの行動が理解できないような感じで。

『おや？　こちらは敵対する意思がないのに、そこまで露骨に警戒されると何か企んでいるのではないかと疑ってしまいそうですね。後ろめたいことがなければ、詳細はともかく大雑把に教えて下さってもよろしいでしょうに』

ブレイブが怒りに震えながら答える。

『お前が信用できないからだよ！』

『私はマスターの命令に従う存在です。マスターが敵対しない限り、私があなた方と敵対することはあり得ません。それでも教えられないと言うのなら、やはり敵対する意思があるのですね。そちらのマスターは好意的だというのに、従僕が敵対的とはどうなのですか？』

グヌヌヌ、と悔しそうにするブレイブに、フィンが苦笑していた。

ブレイブに代わって、フィンがルクシオンに答える。

「悪いが軍事機密だから話せないんだ。これでいいか、ルクシオン？」

『――ええ、承知しました』

引き下がるルクシオンだが、軍事機密をフィンが語るとは思っていなかったはずだ。

ブレイブを煽って情報を引き出そうとでもしたのだろう。

本当に油断も隙もない人工知能だ。

俺はブレイブに顔を向けて謝罪をする。

「悪かったな、黒助。許してやってくれ」

ルクシオンの代わりに、マスターの俺が謝罪してやった。

だが、ブレイブは不愉快そうな顔をしていた。

『俺はブレイブだ。気安く〝黒助〟なんて呼ぶんじゃない』

普段の可愛げが消え去り、真顔で言われてしまった。

「お、おう」

ちょっと気安すぎたらしい。

俺が困っているのを見て、フィンがブレイブをたしなめる。

「そこまで嫌そうな顔をするなよ、黒助。ほら、お菓子をやるから」

フィンがお菓子を投げて渡すと、ブレイブは受け取ってはしゃいでいた。

『クッキーだ！　へへっ、相棒のいれてくれたコーヒーと一緒に食べよう』

――フィンが黒助と呼んでもさほど気にした様子がない。

まぁ、関係性を考えれば仕方がないだろう。

俺はルクシオンを見て提案する。

「あだ名って良いよな。俺も今後は親しみを込めて、お前をルク君って呼ぼうかな？」

ルク君と呼んでいいか確認すると、ルクシオンは俺から距離を取った。

スーッと一メートルくらい距離を取り、冷たさを感じるような電子音声で答える。

『お断りします』

「そこまで露骨に嫌がるなよ」

俺たちの会話が面白かったのか、フィンはクスクスと笑っていた。

そして、椅子に座ると話題を変えてくる。

「女性陣は帰りが遅くなるだろうし、それまでどうする？」

尋ねられたので、俺は今日の予定を伝える。

「俺は特に用事はないな。お前は？」

「──実は俺もないんだ。そもそも、ミアがいない休日の過ごし方に困っている。俺は何をすればいいと思う？」

休日だろうとミアちゃんを優先して一緒に行動するフィンは、一人になると何をやればいいのか悩むらしい。

仕事人間と言うべきか？　それとも愛が重いと言うべきか？

「俺に聞くのかよ。──やりたいこととかないのかよ？」

フィンはアゴに手を当てて考え込むが、何も思い浮かばなかったようだ。

「何もないな」

「──お前、ミアちゃんと出会う前は何をしていたの？」

呆れつつも、本気で心配になってくる。

フィンにとってミアちゃんは、もう人生そのものと言っても過言ではないだろう。

「ミアと出会う前か？　あの頃は色々と無茶をしていた気がするな」

遠い目をするフィンを見て、ブレイブが嬉しそうに話題に入ってくる。

『ミアと出会う前に俺は相棒に拾われたんだぜ。あの頃の相棒は、今よりもトゲトゲした性格で、人を寄せ付けなかったんだ。でも、俺には優しくしてくれたから、ツンデレって奴だな！』

ツンデレと言われたフィンは、恥ずかしいのか目を閉じて顔を赤くしている。

当時の自分に思うところでもあるのか？

俺はフィンをからかいたくなった。

「ミアちゃんにはデレデレしているのに、そんな過去があったのか？」

「ニヤニヤするな！　あの頃は少し荒れていただけだ。それで、ミアに出会って――俺は人生の意味を見つけたんだ」

「人生の意味？」

フィンの言葉が妙に気になって尋ねた俺は、多分真顔になっていたと思う。

――どうして俺たちは転生したのか？　俺だって疑問に思うことくらいある。

ただの偶然で何の意味もないとは思うが、それだけで語れないような偶然が起きている。

マリエやエリカの存在だ。

どうして死んだ時期が違うのに、多少の誤差はあるが俺たちは同じ世代に転生したのだろうか？

フィンは俺の雰囲気が変わったと気付き、コーヒーを飲んでから真面目に話をする。

「妹に似たミアを見守る。そのために転生して、強い力を得たと思っている。まぁ、俺の勝手な願望だけどな」

恥ずかしくなって照れているフィンから、俺は視線を下げた。

「いや、それでいいんじゃないか。俺には意味なんて見つけられそうにもないけどな」

雰囲気が悪くなったと思ったのか、フィンが別の話題に切り替えたいようだ。

「お前にだって意味くらいあるだろ？　何しろ、転生したら美人の婚約者が三人もいて、今では大公様だぞ。何もかも手に入れたじゃないか」

満足する人生を送っているだろう？　そんな風に聞こえた。

顔を上げた俺は、深いため息を吐く。

「俺は慎ましやかな幸せが望みだったんだよ。地位も名誉も、ましては美人の婚約者が三人も欲しいなんて願ってないからな」

「――前から聞きたかったんだが」

「何だよ？」

フィンが真顔になって俺に質問してくるが、その内容はとんでもないものだった。

「あの三人の中で、一番好きな子は誰だ？」

「は？」

「全員平等に愛している、なんて有耶無耶にするなよ。お前も男ならハッキリしろよ」

真剣な顔で何を聞いてくるのかと思えば、アンジェ、リビア、ノエルの中で一番誰が好き？　だと？　普段真面目な癖に、何て質問をしやがる。

「もっと有意義な質問が他にあるだろ！」

「こっちは本気で聞いているんだが？　というか、婚約者が三人もいるってどんな感じだ？　俺には想像もできんぞ」

本気で悩んでいるフィンだが、婚約者が複数いて羨ましい！　という雰囲気ではない。

本当に単純な興味から聞いているようだ。

ミアちゃん一筋のシスコンは、複数の女子と付き合うことを望んでいないようだ。

「俺の場合は成り行きだぞ。知らない内に外堀が埋められていたんだよ」

「じゃあ、あの三人に特別な感情はないのか？」

「本気でぶん殴るぞ」

首をかしげて「あの三人を愛していないの？」なんて言い出すフィンの顔に、本気で拳を叩き込んでやりたかった。

愛しているに決まっている！　だが、同時に三人と婚約しているのは、前世の価値観から言えば不誠実極まりない。

こんな俺が本当に三人を愛しているのだろうか？　自分で自分が疑わしくなってくる。

そういう意味では、俺は一途なフィンが羨ましかった。

でも同じく一途でも五馬鹿は別だ。

五人が揃ってマリエ一人を愛しているとか、何というか羨ましいとは思えない。

確かに一途ではあるのだろうが、あいつらには「お前らそれでいいの？」と問いたいよ。

俺が答えずにいると、ブレイブの奴が予想を述べる。

『俺はオリヴィアって子が本命だと思うぞ。相棒はどうだ？』

ブレイブに問われ、フィンは真剣に考えてから答えを口にする。

「ノエルさんだろうか？」

何を基準に名前を挙げているのか知らないが、本当に困った連中だ。

勝手に予想をする二人に、ルクシオンが前に出て僅かに声を大きくする。

『いい加減にして下さい』

「いいぞ、ルクシオンもこいつらに言ってやれ。こんな話題は駄目だって――」

『マスターは胸に強いこだわりを持っています。三人の中で一番大きな胸を持っているのは、アンジェリカです。よって、答えはアンジェリカです』

――何コイツ？　マスターが触れて欲しくない話題に率先して関わるばかりか、いかにも自分の予想が答えだと言い張りやがった。

「お前ら全員、一発ずつ殴らせろ」

茶会室で騒いでいると、部屋のドアが少し開く。

そちらに視線を向けると――。

「楽しそうだな」

――ユリウスたち五馬鹿の姿があった。

ドアの隙間から茶会室を覗き込んでいる五馬鹿に、俺は両眉を上げながら生気のない目を向けた。

「何をしているんだよ？　お前たち、今日はマリエの荷物持ちをするって言っていただろ」

マリエとエリカの買い物に付き添うはずの五馬鹿が、どうしてこの部屋にいるのか？

部屋を覗きながら、グレッグが答える。

「ついて行こうとしたら、今日は女子だけでいいって追い返されたんだよ」

ブラッドが悲しそうにしている。

「おかげで、せっかくの休日なのに男だけで過ごすことになったんだ」

それは男同士でコーヒーを飲んでいる俺に対する嫌みか？

俺の機嫌が悪くなったと察したジルクが、ドアの隙間から俺たちを覗き見しつつ続きを話す。

「マリエさんに追い返されたので、我々五人も休暇を有意義に過ごそうと思いましてね。それならば、リオン君も誘おうと思いまして」

——こいつらが俺を誘いに？　何だか怪しいと疑った視線を向けていると、隙間から顔を出して覗いているクリスが本音をぶちまける。

「街に出て遊ぶにも金がないからな」

「俺が渡した小遣いはどうした？」

財布代わりに俺を連れ出そうとする五人を睨むと、慌てたユリウスが弁解してくる。

ドアを開いて中へと入ってくると、身振り手振りを加えながら話す。

「違うんだ、リオン！　俺たちは学園祭を盛り上げようと、出し物に全額を投じて——」

「小遣いまで使い込んでんじゃねーよ！」

「だってお前が盛り上げろって言うから！」

確かに学園祭を盛り上げろと言ったが、渡している小遣いまで投入するとか馬鹿なのだろうか？

——そういえば馬鹿だったな。

馬鹿だからこその五馬鹿である。

「そこまでしろとは言ってない。それで、俺を財布代わりに街で遊びたいのか？」

ユリウスが俺から視線を逸らしながら尋ねる。

「そこまでは言っていないぞ。ただ、前借りをさせてくれると助かるわけで——」

小遣いの前借りを願い出る王子様か――こんなのでも、あの乙女ゲーでは攻略対象だったのに。

学業の成績は優秀なのに、こいつらは行動が馬鹿すぎる。

俺が頭を抱えていると、フィンが同情してくれる。

「この五人の面倒を見るとか、俺はお前を尊敬するよ」

ブレイブが、俺にクッキーを一枚差し出してきた。

『俺のクッキーを食べていいぞ』

二人の同情が心に染みてきて、泣きそうになってしまう。

俺たちの様子を眺めていたルクシオンが、呆れたように呟く。

『今日も騒がしくなりそうですね』

◇

夕方の王都は人通りが増えていた。

ただ、一部は反乱騒ぎの時に破壊された跡が残っている。

崩れた建物の周囲にはロープが張られ、人が近付けないようにされていた。

その場所を見る度に、戦いの記憶が蘇る。

王都で暮らしている住民たちだが、多くが日常生活に戻っていた。

一時期はラーシェル神聖王国と戦争になり、王都も危うい！　などという噂が広がって住民たちの不安も大きく空気が重かった。

戦争が短期で終結したおかげで、住民たちにも笑顔が戻ってきた。

そんな王都の街を歩くミアは、手に紙袋を持っていた。

「えへへ、ちょっと買い過ぎちゃいました」

買い物を済ませたミアは上機嫌だ。

予定していた物が揃ったのは勿論、予定外だが気に入った品も手に入った。

嬉しそうにしているミアを見て、両手に買い物袋を持ったノエルが声をかける。

「ヘリングさんへのお土産も買えて良かったね」

「はい！　――騎士様は喜んでくれますかね？」

嬉しそうに返事をするが、その後すぐに不安になったのか困った顔をする。

そんなミアを見ていたリビアが頷く。

「きっと喜んでくれますよ。ねぇ、アンジェ？」

話を振られたアンジェは、微笑みながら肯定する。

「そうだな。それに、あの男のことだ。ミアからの贈り物と聞けば、それだけで喜ぶさ」

アンジェの答えに不満を持ったリビアが、頬を膨らませる。

「アンジェの言い方、最近リオンさんに似てきましたよ」

言われたアンジェが、ハッとして手で口を押さえる。

「自分では気付かなかったな」

リビアは小さなため息を吐いてから、アンジェに悪戯《いたずら》っ子のような顔を向けた。

「最近のアンジェは、リオンさんに遠慮がなくなりましたからね。二人して嫌みや皮肉を言い合うことも増えましたから、似てきても当然ですけど」

「今日のリビアは意地が悪いな。まぁ、そういうところも嫌いではないが、皮肉や嫌みが増えたのなら気を付けた方がいいな。――すまないな、ミア」

小さなため息を吐き、反省した顔をするアンジェにミアは頭を振る。

「だ、大丈夫ですから！」

買い物と食事で有意義な一日を過ごした四人が、帰路についている途中――急にアンジェが立ち止まって空を見上げたので、ノエルが訝《いぶか》しんで問い掛ける。

「どうかしたの？」

アンジェは不思議そうにしながら答える。

「――帝国の飛行船が来ている。予定はなかったはずだが、何か急用だろうか？」

堂々と帝国の国旗を掲げている立派な飛行船は、飛行戦艦が六隻も護衛についていた。

帝国の急な訪問に、アンジェは危機感を覚えているようだ。

表情は険しくなり、また厄介事か？　と僅かに不安そうな顔をしていた。

第03話「帝国からの使者」

翌日の朝。

ヴォルデノワ神聖魔法帝国から訪れた使節団の代表が、王宮の謁見の間に姿を現した。

国王【ローランド・ラファ・ホルファート】、王妃【ミレーヌ・ラファ・ホルファート】の二人と謁見を行っている。

ミレーヌは早朝からの急な用件に、ローランドがふて腐れていないか心配して横目で確認していた。

(今日は随分と警戒しているわね)

ローランドは普段のひょうひょうとした態度がなりを潜め、真剣を通り越して警戒していた。

表情は取り繕っているが、微妙な変化からミレーヌは気付いていた。

使節団の代表である帝国からの使者が、膝をついて頭《こうべ》を垂れる。

「急な訪問であるにもかかわらず、我々を歓迎して下さった貴国には大変感謝しております」

使者の言葉を聞いて、穏やかな笑みを浮かべるローランドが口を開く。

「ラーシェルとの戦争では世話になった貴国を無礼には扱えんよ。それよりも、急な訪問の理由を聞かせて欲しい」

「我らの用件は一つにございます。ミリアリス・ルクス・エルツベルガー皇女殿下をお迎えに上がりました」

謁見の間にいた重鎮や貴族たちが、使者の言葉を聞いてざわつく。

「帝国の皇女殿下だと？」

「誰の話だ？」

「いつ皇女殿下をお迎えした？」

身に覚えがない重鎮や貴族たちと同じく、ミレーヌも内心では驚いていた。

顔には出さないように振る舞っているだけで、皇女殿下の話に困惑している。

（ミリアリス？　帝国にそのような姫がいるとは記憶にないわね。訳ありの赤子や幼子なのかしら？

それにしても、どうして王国に？　――いえ、まさか⁉）

思考する最中に答えにたどり着いたミレーヌだが、先に口を開いたのはローランドだった。

「我が国で帝国の姫を預かっているとは聞いていないが、何か訳ありかな？」

素直に知らないと答えるローランドに、使者が答える。

「ある事情から身分を隠し、市井《しせい》の者として育てられておりました。現在は留学生としてホルファート王国の学園で学んでおられます」

「帝国からの留学生が皇女殿下だったか」

ローランドがわざと驚いたように呟いた。

使者は再びローランドに願い出る。

「いくら市井で育ったとは言え、皇女殿下には相応しき場所がございます。帝国にお連れし、相応の待遇で迎えたいのです」

僅かに焦りを見せる使者。

ローランドは問う。

「それにしても急な話だな。せっかく留学しているのだから、区切りがつくまで待ってもいいだろうに。半年を待たずに、皇女殿下は貴国に帰るはずだが？」

急いで連れ戻そうとする理由を尋ねるが、使者はそのことに関して答えを濁す。

「私はミリアリス皇女殿下を迎えに行けと命じられただけで、詳細は存じ上げておりませんのでお答えできかねます」

深々と頭を下げる使者に、ローランドは引き下がる。

「すぐに連れ帰るのかな？」

「はい」

話が進む中、ミレーヌはミリアリス——ミアについて考えていた。

（今にして思えば、カール皇帝があのタイミングでフレーザー領にいたのは、ミアちゃんに会うためかしらね？　孫か、それとも娘か——公表できないとなれば、相応の理由があるのは間違いないわ。でも、どうして急に皇女として帝国に連れ帰るのかしら？）

今更ミアを連れ帰って、後継者争いに参加させるとも考え難い。

ミレーヌは帝国で何か起きたと予想する。

（情報が少なすぎるわね。皇女殿下を連れ帰る日まで、使者を歓待しつつ帝国の内情を探るとしまし

ょう。――せめて、もう少し早くカール皇帝と繋がりを持っていれば、あちらに外交官を派遣できたのに)

ホルファート王国からすると、ヴォルデノワ神聖魔法帝国は縁遠い国家だ。

その理由はラーシェル神聖王国にある。

ヴォルデノワ神聖魔法帝国はラーシェル神聖王国と深い繋がりがあったために、ホルファート王国は積極的に関わってこなかった。

それは帝国側も同じだ。

積極的にホルファート王国と関わろうとはせず、互いに警戒していた。

十年前に帝国から接近してきて、協議を重ねて来た。

留学生を受け入れるようになったのは今年からの話である。

今後は留学生たちを通じて、両国の国交を活発に――という段階だった。

ミレーヌは高座から帝国の使者を見下ろしていた。

ミアを連れ戻せるとなり、使者は安堵から一瞬だけ表情が緩む。

(今の顔は何？)

仄暗《ほのぐら》い笑みを浮かべた使者の顔に、ミレーヌは嫌な予感がする。

使者を警戒するミレーヌだったが、使節団の中にいた若い――若すぎる騎士に自然と視線が動いた。

十五歳くらいだろうか？　王国であれば学園に入学する前の青年だが、彼は帝国の黒い騎士服に身を包んで堂々としていた。

強者が発するような自信や風格と、若さから来る生意気さを合わせもった青年だ。

ローランドと自分に向ける視線には、どこか傲慢さを感じる。

(彼は何者なのかしら?)

ミレーヌの視線に気付いたのか、青年が前に歩み出て膝をつく。

「発言の許可を求めてもよろしいでしょうか、ローランド王」

青年の勝手な行動なのか、使者は困惑した表情を浮かべている。

「――許そう。顔を上げなさい」

ローランドが許可を出すと、青年が顔を上げてニッコリと笑みを浮かべた。

青年らしい初々しさと小生意気さを感じる顔だ。

「お初にお目にかかります。【リーンハルト・ルア・キルヒナー】です。実はこの国にボクの先輩も留学しているので、挨拶ついでに話す機会を設けて欲しいと思いまして」

赤毛で生意気そうな小柄の青年は、他国の王を前にして臆することなく述べた。

「そういえば、留学生は二人だったな」

「先輩はミリアリス皇女殿下の専属騎士ですから、一緒に帰国することになると思います。その前に、先輩がどんな場所で学んでいたのか興味がわきましてね」

ローランドが少し考えた後に頷く。

「構わないぞ」

「ありがとうございます、ローランド王」

◇

その日、学園に帝国の使者を名乗る人間が訪れた。

文官職と思われる者たちが数人だが、護衛と思われる騎士や軍人は三十人もいた。

物々しい集団がやって来たな、と僅かに警戒していた。

だが、その警戒心もすぐに解ける。

「リーンハルト？」

「お久しぶりですね、先輩」

学園校舎の玄関前広場にて、フィンと赤毛の青年が顔を合わせて親しそうにしていた。

離れた場所からその様子をルクシオンと眺めていた俺は、安堵のため息を吐く。

「フィンの知り合いかよ。緊張して損したな」

『――魔装の反応は確認できません。どうやら、コアは存在しないようです』

ルクシオンは普段通り警戒を解かずにいた。

俺はフィンたちの会話に耳を傾ける。

後輩と再会したフィンが、やはり困惑しているようだ。

いきなり帝国から使者が来れば仕方がないだろう。

「それより、どうしてお前が王国に来たんだ？　急に来るなんて、帝国で何かあったのか？」

フィンの疑問に答えるリーンハルトは、詳細をはぐらかす。

「その辺りの事情は後で説明しますよ。それより、先輩を苦戦させたバルトファルト公爵はどこです？」

リーンハルトが周囲を探ると、俺と視線が合う。

生意気そうなフィンの後輩は、俺を見るとニコリと——どこか好戦的にも見える笑みを見せた。

俺は手を振りながら、聞こえない程度の小声で呟く。

「生意気そうなガキだな」

『その感想は、王国の貴族たちがマスターに抱いている感想ですよ』

いつも通りルクシオンの嫌みを無視し、俺はフィンたちの会話に耳を傾ける。

フィンはリーンハルトに俺の爵位について訂正する。

「今は大公様だぞ」

「王国は人材不足みたいですね。あ、それよりも王国の剣聖がいますよね？　学園には剣聖の息子もいるって聞いていたので、ちょっと楽しみにしていたんですよ」

リーンハルトは、腰に提げた二本のサーベルを左手で軽く叩いた。

刀の大小のようにサーベルを下げているリーンハルトは、どうやらクリスをご指名らしい。

しかし、フィンは僅かに警戒しているようにも見える。

「ここは帝国じゃないぞ。何かするようなら、俺と敵対すると思え」

「先輩は相変わらず真面目ですね。まぁ、それはいいとして——ミリアリス皇女殿下はどこにおられますか？」

リーンハルトの雰囲気が一変すると、フィンは驚愕の表情を浮かべた。

フィンが右手でリーンハルトの胸倉を掴み上げる。

「ミアの本名をどうして知っている!?」

激怒するフィンに、リーンハルトは面倒くさそうな顔をしていた。

答えるのは帝国の使者だ。

「ヘリング殿、我々は陛下の命令でミリアリス皇女殿下をお迎えに上がったのです」

「――陛下の？　カール皇帝がどうしてミアを呼び出す？」

流石に他の人たちがいる場では、カールさんを「おっさん」呼びはしないらしい。

フィンがリーンハルトを解放すると、使者が笑みを浮かべながら俺の方を一瞥《いちべつ》した。

その際、俺の側にいるルクシオンを見た気がする。

使者は言う。

「詳細は余人を交えず、我々だけで行いたい。ミリアリス皇女殿下の件も含めて、説明いたします」

そのまま、フィンたちは学園を出て港へ――帝国の飛行船へと連れて行かれた。

◇

使節団が使用する飛行船は、帝国でも貴人たちが使用する物だった。

外観も内装も手が込んでおり、まるで高級ホテルを想像させる。

使者とリーンハルト――そして、フィンとブレイブ。

四人が一室に集まると、最初に口を開いたのは使者だ。

「カール皇帝がみまかられました」

「――どういうことだ？」

一瞬、フィンは何を言われたのか頭が理解を拒んだ。

少し前まで元気な姿を見せていたカールが死んだとは、想像できなかった。

現実を受け入れられないフィンに、椅子に座って頭の後ろで手を組むリーンハルトが面倒そうに説明する。

「先代が死んで、モーリッツ様が即位したんですよ。ボクたちは、モーリッツ様の命令でミリアリス様を迎えに来たんです」

フィンは手を握りしめ、リーンハルトに険しい視線を向ける。

「何が起きた？　事故か？」

無駄に健康だったカールが死んだとなれば、すぐに事故死を想像する。

しかし、リーンハルトは淡々と言う。

「モーリッツ陛下が私兵を率いて先代を討ちました。ボクは詳しいことを聞いていませんけど、何やら裏切り行為に手を出したそうですよ」

「あのおっさんが、帝国を裏切るかよ！　皇太子殿下がやったのか？　まさかミアも――」

フィンがブレイブに視線を向ける。

それはこの場で魔装を身にまとうためだ。

モーリッツがミアを連れ戻そうとするのは、暗殺するためではないか？　そんな想像からフィンが警戒した結果である。

『ミアに手を出す奴は、お前たちだろうと許さないからな！』

ブレイブまでやる気を見せると、リーンハルトが頭をかいた。

面倒そうに――そのまま二人が予想しない現実を告げてくる。

「モーリッツ陛下はミリアリス様に興味なんてありませんよ。興味を示したのは、ブレイブと同じ魔法生物です」

フィンとブレイブの動きが止まる。

リーンハルトは、二人に話を聞く意思があると判断して言う。

「アルカディア――随分と大きな魔法生物が復活しましてね。ボクの魔装のコアも素直に従っていますよ」

その名を聞いて狼狽《うろた》えるのはブレイブだった。

『どうしてアルカディアが生きているんだよ！　あいつは旧人類に沈められたはずだ！　旧人類の切り札だった三隻を道連れに沈んだんだ！』

随分と昔に沈んだ新人類の切り札――空に浮かぶ要塞アルカディア。

旧人類の切り札と相打ちになる形で沈み、ブレイブですら生存は絶望的と考えていた。

「ボクに言われても困るよ。実際に復活して、今はモーリッツ様の相談役さ」

フィンがリーンハルトに問う。

「そいつが陛下をやったのか？　どうしてお前たちは従っているんだ？　グンター将軍は何も言わなかったのか？」

憤《いきどお》るフィンに、リーンハルトは頭を振る。

「それ以上の問題がありますからね。まぁ、詳しい話は帝国に戻ってからしますよ。かなり面倒な話になりますからね」

納得できないフィンが口を開こうとすると、今まで黙っていた使者が動いた。

フィンの前に出て、モーリッツからの手紙を渡した。

「ヘリング殿にはモーリッツ陛下から内密の依頼がございます」

「依頼だと？」

命令ではないのが気になるが、フィンは手紙の封を切って中身を確認する。

その内容に驚愕して目をむくと、手紙を握りしめた。

「――俺にリオンを暗殺しろとはどういう事だ？」

殺気を放つフィンに、使者は怯えながら事情を説明する。

「帝国は既に王国に宣戦布告をする準備を進めております」

「なっ!?　どうしてだ！　ラーシェルの件なら――」

「いいえ、その件ではありません。我々帝国は、王国と相容《あいい》れない存在なのです。これは屈服させる戦争ではありません。帝国は――徹底的に王国を滅ぼすために戦うのです」

信じられない話に、フィンは右手を顔に当てる。

「ふざけるなっ！　今更戦争をして何の意味がある？」

納得しないフィンに、リーンハルトが呆れたのかため息を吐いていた。

「先輩は随分と丸くなりましたね。昔はもっと鋭い刃みたいな感じだったのに、本当に残念ですよ」

「――この場でやり合うか？」

フィンがリーンハルトに殺気を向けると、本人は喜んでいた。

「ボクも魔装を持ってきていたら、先輩の期待に応えられたんですけどね」

リーンハルトは魔装騎士であるが、魔装のコアを伴っていなかった。

どうやら帝国に置いてきたらしい。

剣呑な雰囲気を漂わせる二人に、使者が咳払いをする。

「お二人ともそこまでです。それよりも、ヘリング殿には王国の切り札であるバルトファルト大公を倒して頂きたい。これは、ミリアリス様のためでもあります」

「どういう意味だ？」

「実は――」

使者からの真相を聞いたフィンは、握りしめていた手を緩めて――天井を仰いだ。

第04話「暗殺」

学園の食堂では、細《ささ》やかながらミアの送別会が行われていた。

参加しているのはいつものメンバーであり、企画をしたのはアンジェである。

「細やかですまないな。準備期間があれば、もう少し盛大にできたんだが」

テーブルに並べられた料理を前に、ミアは緊張している。

「そ、そんなことありませんよ！　凄く豪華ですし、ミアは満足しています。――ただ、お別れするのが寂しくて」

ミアは全員を前に本音をこぼす。

「もう少しだけ、皆さんと一緒にいたかったです。それに、いきなりお姫様扱いも何というか不思議な感じがしますね」

急に故郷に戻ることになったミアだが、自身の出自が皇族と知らされ困惑していた。

そして、急な留学の打ち切りにも納得できていないようだ。

椅子に座って俯いているミアに、エリカが優しい口調で話しかける。

「実感がわかなくても仕方がありません。ゆっくり慣れていけばいいんですよ」

「エリカ様ぁ」

涙ぐむミアに、エリカは微笑みかける。

「堂々と呼び捨てにして構いませんよ」

「で、でも、ミアは――」

皇女という立場が実感できず、エリカを呼び捨てにはできない――そんなミアに、エリカは頭を振る。

「友達になりたいんです。皇女であるミアさん――ミアなら、私を呼び捨てにしても誰も咎《とが》めません。どうか、私の友達になってくれませんか？」

「エリカ様――は、はい！　ミアも、エリカって呼ばせてもらいます！」

涙ぐみながら嬉しそうにするミアを見て、アンジェが安堵して胸をなで下ろす。

このまま辛い別れで終わらずにすみそうだ、と。

だが、同時に考えてしまう。

(帝国は何を焦っている？　皇女殿下と公表するタイミングも不自然だ。留学が終わってからでも良かっただろうに。帝国内で何か事件でも起きたか？)

不審な点が多いのが気になっているアンジェは、送別会に参加しているフィンに視線を向けた。

ミアの側にいて困った顔をしながらも、普段通り温かい目で見守っている。

ただ、ブレイブの様子がおかしい。

テーブルに並べられた料理に一切関心を示さず、普段のように陽気に振る舞うこともない。

そして、フィンの側を離れようとしなかった。

何かあるのか？　そんな風に考えていると、フィンがリオンに近付いて声をかける。

「リオン――ちょっといいか？」

「ミアちゃんの側にいなくていいのかよ？」

「お前に話があるんだ。後で時間を作ってくれないか？　個人的にお前と話がしたい」

「別にいいけどさ」

一瞬だけ思い詰めた表情をするフィンを見て、アンジェは思った。

（ヘリングも帝国へ戻ると言っていたな。リオンに別れの挨拶でもするつもりか？　――それにしては様子がおかしいが）

二人の様子を気にかけていると、リビアが話しかけてくる。

「アンジェ、リオンさんたちがどうかしましたか？」

「ちょっと気にかかっただけだ。なぁ、リビア――ヘリングの様子はおかしくないか？」

「確かに寂しそうにしていますね」

リビアが二人に視線を向ける。リオンと親しくなったフィンが、別れを惜しんでいるように見えるらしい。

アンジェも同意見だが、それだけではない何かを感じる。

ピリピリした、肌を刺激するような気配を感じ取っていた。

「――気になるな」

フィンを警戒していると、今度はノエルが近付いてくる。

何を勘違いしたのか、アンジェに笑いかけていた。

「アンジェリカは、心配しすぎじゃないの？　もしかして、ヘリングさんにリオンを取られると思ったとか？　流石にないか」

冗談を言うノエルに、アンジェは呆れつつ教えてやる。

「笑い話のつもりだろうが、少なくない話だぞ」

「えっ嘘でしょ!?」

驚くノエルに、アンジェはため息を吐く。

「リオンに限ってはあり得ないと思うがな。ただ、油断していると他の女に横取りされかねないぞ。クラリスやディアドリーは、今も虎視眈々《こしたんたん》と狙っているからな」

二人の名前を聞いて、リビアは頭痛を覚えたらしい。

眉尻を下げて小さくため息を吐いていた。

「クラリス先輩とはともかく、ディアドリー先輩はお姉さんがバルトファルト家に嫁ぎましたよね？　家同士の繋がりはできていると思うんですけど」

どうして懲りずにリオンを狙うのか？　理解できないリビアに、アンジェが苦笑しながら教えてやる。

「あいつの場合は個人的な欲と、実家の方針が嚙み合っただけだ。――ノエル、そういうわけで、うかうかしているとリオンを奪われるから注意しろよ」

アンジェに忠告されたノエルは、頭を抱えて理解に苦しんでいた。

「どうしてリオンばかり狙うのかな？　他にも男の人はいるのに」

リビアが視線を少し上げながら言う。

「それはまぁ――リオンさんの責任ですかね？」

これまでの経緯を思い出すリビアの表情は、呆れつつも仕方がないと苦笑していた。

アンジェもこの件に関しては、諦めていた。

二人がリオンを狙っても仕方がない、と。

「普段冴えない態度でいる癖に、ここぞという場面で活躍するリオンが悪い。あのギャップは反則だ。だからと言って、これ以上は許容できないが」

リオンの行動の結果であり、それは仕方がないと受け入れる。

責めつつも少しばかり惚気《のろけ》も混じっているが、リビアもノエルも覚えがあるため特に気にすることはなかった。

しかし、これ以上に女性が増えるのを、アンジェは許す気がない。

リビアが困った顔をしている。

「アンジェは厳しいですからね。この前も、一年生がリオンさんに好意を寄せていると知って、釘を刺していましたし」

釘を刺すという言葉に、怖いイメージを抱いたノエルが驚いている。

「え、そんなことをしていたの!?」

アンジェはノエルの反応に少し困惑している。

「どうして私が責められている？　言っておくが、これでも手段としてはかなり穏便だぞ」

横暴な男子生徒から、リオンが救った一年生の女子がいる。

彼女はリオンに淡い恋心を抱いたようだ。

そんな女子に、アンジェはそれとなく釘を刺した。

ただ、リビアに勘違いされていると感じたので、アンジェはちゃんと説明する。

「本気にならない内に注意して、双方が傷つかないようにするのが目的だ。実際、あの娘も理解して引いたからな。勘違いをしてリオンに近付いてもろくなことにはならないから、私がその前に止めたに過ぎない。言っておくが、もっと手荒にだってできたのに、それをしなかったんだぞ」

優しく諭したのに、責められてはたまらないとアンジェが言う。

リビアは説明を聞いて納得したのか、少し申し訳なさそうにしていた。

「そうだったんですね。私は学園の常識というか、暗黙の了解は未だに詳しくなくて――アンジェ、勘違いしてごめんなさい」

謝ってくるリビアに、アンジェは肩をすくめる。

「まぁ、お前の事情を考えれば仕方がないか」

二人が納得したようなので、ノエルはサイドポニーテールの毛先を指で掴んで弄《いじ》る。

「貴族だけの学園も色々とあるのね」

アンジェは説明が終わり、一息つくとリオンの方を見る。

普段通り、リオンのルクシオンが側にいた。

(ルクシオンがいれば、面倒が起きてもどうにかなるか。――何事もなければいいが)

◇

送別会が終わると、フィンに連れられ人気のない場所に来てしまった。

学園の敷地内ではあるが、学び舎の夜の雰囲気は好きになれない。

前世同様、この世界にも学園の怪談話が存在するためだ。

――怖い話が好きなのは異世界も同じらしい。

手入れの行き届いた中庭に来ると、木々が周囲からの視線を遮っていた。

「わざわざここで何を話すんだよ？　別に男子寮でもいいだろうに」

肩をすくめてフィンを見れば、俺に背中を向けている。

だが、ブレイブは俺を警戒して一つ目で凝視していた。

――ルクシオンが俺の右肩辺りに浮かびながら、警戒を強めている。

ブレイブの動きに集中しているのか、口数が少ない。

俺はフィンの背中に話しかける。

「そろそろ呼び出した理由を話してくれないか？」

できるだけ気を抜いた声を出すように心がけていたが、どうにも緊張感を孕《はら》んでしまう。

普段とは違うフィンの雰囲気が、俺の嫌な予感を刺激してくる。

フィンがズボンのポケットに両手を入れ、空を見上げた。

俺も視線を空に向けると、今日はやけに星が綺麗だった。

ようやくフィンが口を開く。

「――本国からお前の暗殺を指示された」

その口から告げられた内容を理解するのに、何秒要しただろうか？　言葉の意味を理解した俺は、大きく見開いた目を普段通りに戻す。

「俺の何が帝国を刺激した？　そもそも、あのカールさんが俺の暗殺を許すのか？」

あの人が暗殺を指示するとは思えないし、誰かの差し金でも命令を握り潰してくれると思っていた。

だが、フィンに命令が届いたというのが気にかかる。

カールさんは俺の暗殺を許可したのではないか？　そして、そうさせた原因は何だ？

普段使わない頭が回り始めると、上半身だけを振り返らせたフィンがとんでもない事実を告げてくる。

「息子であるモーリッツ殿下に暗殺されたよ。今は――モーリッツ様が即位している」

「初耳だぞ」

自分の僅かに震える声を聞きながら、俺は思考する。

暗殺？　あの人が？　どうして殺された？　何が起きた？　そもそも、帝国で代替わりが起きたなど俺は聞いていない。

ルクシオンに視線を向けると、俺の疑問を察して答えてくれる。

『王国内にその情報は届いておりません』

ヴォルデノワ神聖魔法帝国との間で国交が盛んに行われてはいないが、それでも皇帝の代替わりを秘匿にするなど可能なのか？

次々に思い浮かぶ疑問に答えが出る前に、フィンが体を俺に向けて詳細を話してくれる。

「代替わり自体が秘匿されているからだ。ミアが帝国に戻ったら、正式にモーリッツ様の即位が公表される。そのまま――帝国はホルファート王国に宣戦布告する」

フィンの苦悩する表情から絞り出された台詞《せりふ》に、俺は眉根を寄せていた。

「そのモーリッツって野郎は、そんなにこの国が嫌いなのか？　だったら俺が戦争を止めてやるよ。フィン、お前も手を貸してくれるよな？」

どいつもこいつも、どうしてすぐに戦争をしたがるのか？

こうなれば強引にでも止めようとフィンに提案するが、俺の申し出は拒否される。

「俺はお前に手を貸せない」

「フィン？　どうして？」

「俺はミアのためにも――お前と戦うしかないんだよ」

苦悩しつつも笑顔を作るフィンの表情は、笑っているのに悲しそうだった。

ブレイブがフィンの前に飛び出て、その小さな両手を広げる。

『相棒、悩むな！　ここでリオンを倒しておかないと大変なことになる！　すぐに俺をまとって戦え！』

ブレイブの言葉を聞いて、ルクシオンが球体からバチバチと放電を起こした。

俺とフィンの間に防御フィールドを展開し、時間稼ぎを開始する。

『新人類の生み出した汚染物質のゴミが正体を晒したな。――マスター、すでに本体を上空に待機させています。攻撃許可を！』

ルクシオンとブレイブが交戦を始めようとする中、俺はフィンを見ていた。

――フィンはブレイブの提案を受けず、魔装をまとおうとしない。

その姿を見て、フィンに迷いがあると察して声を張り上げる。

「フィン、答えろ！　どうしてミアちゃんの名前が出てくる？」

『マスター？　どうして攻撃許可を出さないのですか？　こいつらは敵ですよ？』

ルクシオンが攻撃できずにいるのを見て、ブレイブがフィンを急《せ》かす。

『相棒、ここでやらないと絶対に後悔することになる！　ミアのためにも、相棒は戦うって決めたじゃないか。だったら、ここでやるしかないだろ？　今ならまだ可能性はあるんだ。この距離なら、ルクシオンはリオンを巻き込むから主砲が撃てない。俺たちにとって最後のチャンスなんだよ！』

ルクシオンの主砲を警戒するブレイブの発言に、フィンは答えを出せずに悩んでいた。

俺は諦めずにフィンに声をかけ続ける。

「何か言えよ。お前だって本当は戦いたくないんだろ？　俺だってそうだ。お前と戦うなんてごめんだ。だったら、回避する方法を探せばいいだけだろうが」

俺の声に反応して、俯いていたフィンが顔を上げた。

ただ、悔しそうにしながら涙を流している。

「どうしようもない。事情を知ればお前だって——それがわかるから、俺は——」

『相棒！』

ブレイブがフィンに詰め寄って魔装の展開を望む。

しかし、フィンがブレイブを右手で掴み——そのまま命令する。

「黒助——もう終わりだ。俺はこんなやり方でリオンを殺したくない」

『あ、相棒？』

両手をだらりと下げるブレイブを見て、ルクシオンの電子音声が荒ぶる。

『先程から勝てる前提で話を進めていますが、私とマスターを侮《あなど》りすぎですよ』

直後、俺の後ろにアロガンツが舞い降りた。

俺たちに被害を出さないよう、着地する瞬間に速度を落としていた。

その両手にはガトリングガンが握られており、銃口はフィンたちに向けられる。

『対魔装を想定して改良を重ねた兵器の威力を思い知れ——』

「ルクシオン、待て」

『マスター、攻撃許可を頂ければすぐにでもこいつらを排除できます』

「止めろと言ってんだよ！」

強引にルクシオンを止めた俺は、防御フィールドを無視してフィンに近付く。

ルクシオンが防御フィールドを解除し、俺はフィンに近付きその腕を掴んだ。

「言えよ。何があった？」

フィンは力なく項垂《うなだ》れながら言う。

「コアたちの親玉が復活した」

フィンの言葉に、俺の後ろでルクシオンが『――アルカディア』と呟いていた。

その電子音声には動揺したかのような震えを感じたが、俺はフィンの話に集中する。

「親玉――アルカディアは王国を恨んでいるらしい。特にリオン――お前だよ。ルクシオンを持つお前は、最優先で排除したいとさ」

新人類側の親玉ともなれば、旧人類側の兵器であるルクシオンは放置できない存在なのだろう。

ルクシオンが魔装を嫌悪するように、魔装もルクシオンたち人工知能を憎悪する。

「それなら、俺とお前で――」

魔装の親玉を倒せば終わる、そんな提案を拒否するのはブレイブだった。

『無理だよ』

「やってみないとわからないだろうが」

『あの野郎の復活と同時に、危険を感じたのか人工知能共も目を覚ましやがった。アルカディアを破壊するために突撃して、全部が撃ち落とされた。――確かにアルカディアの野郎は復活したばかりで完全じゃない。性能は良くて七割。悪くて五割程度だ。そこまで言えば、ルクシオンにだって理解できるだろ？』

俺がルクシオンを見ると、普段の態度と違っていた。

太々《ふてぶて》しいはずのルクシオンが、意外な提案をしてくる。

『――マスター、私の本体は移民船です』

「知っているよ。だから何だ？」

『私は他の人工知能と違い、主目的は人類の生存――移住です。そのために私は存在しています。よって、私が導き出した結論は――宇宙への脱出です』

「は？　お前は正気かよ？　やる前から負けるみたいな――おい、まさか」

『現時点で、私が勝てる確率はゼロではないでしょう。ただし、勝率は多く見積もっても数パーセントです。そのような戦いにマスターを巻き込めません』

あのルクシオンが、勝てないと断言した。

これまで、そのスペックで敵を圧倒してきたルクシオンが、勝てないから逃げようと俺に提案している。

フィンは俺の暗殺の意味について語る。

「お前がいる王国は、俺たち帝国にとって脅威だとさ」

「俺が脅威？　俺は別に戦うつもりなんてない」

「あぁ、知っているさ。俺だってお前が無闇に戦う奴じゃないって知っている！　けどな、もう決まったことなんだよ」

俺は声も出なかった。

フィンが何を言っているのか、理解したくなかった。

俺が脅威だから暗殺する？　それをフィンに命じて実行させるだと？

言葉も出ないでいると、フィンが続きを話す。

「俺はミアを守るためにも死ねないんだ」

苦悩した結果、フィンはミアちゃんを守るため帝国に戻ると決めたようだ。

抵抗するなら、王国ごと滅ぼしてしまうらしい。

もう言葉も出ない。

フィンは俺に言う。

「アルカディアはお前たちを憎んでいる。お前たちを滅ぼすためなら、何だってやるつもりだ」

『相棒の言う通りだ。今のこの時代に、あの野郎を止められる奴はいない。俺たちだってどうにもならないんだよ！　だから相棒は――お前を――』

逆らったところで勝てない。

そんな戦いに、フィンはミアちゃんを巻き込みたくないのだろう。

黙っている俺に、フィンが涙を見せる。

「――俺はお前の暗殺を依頼されたが、失敗したと報告する。リオン、お前は逃げろ。宇宙でもどこでもいい。とにかく逃げてくれ」

それだけ言うと、フィンはブレイブを連れて去って行く。

俺は両手で顔を隠して俯く。

「何なんだよ、本当にさ！　どうしてこんなことになるんだよ」

第二の故郷を捨てて宇宙へ逃げろと？　何だよ、それ。

友人との殺し合いは回避できたが、俺はショックで動けずにいた。

そんな俺にルクシオンが近付いてくる。

『マスター、決断して下さい』

「ルクシオン？」

『私の本体に避難するべき者たちを乗せ、一刻も早く宇宙へと脱出しましょう。人選には時間がかかると思いますので、すぐに行動するべきです』

——今回ばかりは、ルクシオンでもどうにもならないらしい。

第05話「エリカとミア」

どうしてアルカディアはホルファート王国に宣戦布告するのか？

俺が旧人類の兵器であるルクシオンを従えているからか？

だが、それなら王国の民まで巻き込む必要がない。

フィンに命じたように、俺だけ倒せばいい。

王国が一丸となって、俺を守ると考えているなら――それは間違いだ。

それなのに、宣戦布告までする理由は何だ？

「アルカディアはそんなに凄い兵器なのか？」

昨晩は一睡もできなかった。

フィンの口から告げられた衝撃の内容に、俺の頭は理解が追いつかないでいる。

自室に戻ってからもルクシオンと色々と話をするが、これといった解決策は出ない。

『高機動戦艦――戦闘に特化した旧人類の切り札です。私以上の戦闘能力を持っていました。そんな高機動戦艦が、三隻も投入されたのにアルカディアと相打ちになりました。現状からすると、沈没させただけで機能停止にまで追い込めなかったようですが』

性能面から考えると、ルクシオンでは勝ち目がない。

「アルカディアの状態次第だろ？　お前でも倒せる可能性があるはずだ」

『否定はしません。ですが、あのブレイブが私では勝てないと判断しました。奴を信用してはいませんが、我々の勝率が高ければフィンはこちら側に付いたはずです』

カールさんの仇に従ってまで、俺と敵対することを選んだ――それだけの理由があるとルクシオンは考えていた。

フィンが俺を敵に回してでも、帝国に戻った理由は――現状のアルカディアでも、ルクシオンでは勝てないと判断したからだろう。

俺が項垂れると、ルクシオンが近付いてきて普段よりも幾分か優しい声色で話しかけてくる。

『フィンは皇帝の依頼よりもマスターを選びました。そうさせたのは――』

「わかっているよ。あいつには感謝しているさ」

酷く悩んでいたフィンの顔を思い出す。

俺の暗殺に失敗したフィンは、帝国での評価を落とすだろう。

何かしら罰を受ける可能性もあるし、下手をするとミアちゃんの側《そば》を離れることになる。

ミアちゃんを一番にするフィンが、それだけのリスクを負って俺を見逃した。

友情という一言で簡単にまとめたくないが、今回はフィンに救われたな。

俺はルクシオンに再度確認する。

「――お前と俺でも勝てないんだな？」

『はい。宇宙への脱出を強く提案します』

嫌みも皮肉も交えないルクシオンの言動は、本気を感じさせた。

「情けない話だよな。自分より強い奴が登場したら、逃げるしかないわけだ。今まで散々好き勝手に暴れてきたのに――本当に俺は滑稽だよ」

ルクシオンがいれば何の問題もないと思い込んでいた自分が、酷く情けない。

『アルカディアから逃げても滑稽とは言えません。そもそも、旧人類が全力で挑んでも倒しきれなかったのです。マスターが恥じる必要はありません』

「今日はやけに素直だな。もっと嫌みや皮肉を言ってもいいんだぞ」

『マスター、私は冗談を言っていません。――決断して下さい』

決断を迫って詰め寄ってくるルクシオンに、俺は無理矢理笑みを作った。

「俺は勝てない戦いはしない主義だ」

『はい』

「逃げることだって恥だとは思わない」

『えぇ』

「――命をかけて戦うなんて馬鹿のすることだって思っているよ」

『それが正しい判断です、マスター』

そもそも、俺がいることで王国が攻められるなら逃げて構わない。

アルカディアなんて化け物と戦うくらいなら、俺は宇宙へと逃げるだけだ。

そうすれば、帝国だって王国を攻めることもないだろう。

「脱出する準備をしろ」

『はい、マスター』

——俺さえいなくなれば、帝国も矛《ほこ》を収めるだろう。

何も悩む必要はない。

俺がいなくなれば、問題は解決するのだから。

「さて、宇宙へと夜逃げするとしますか」

◇

宇宙へ逃げると決まれば、後は準備をするだけだ。

幸いにしてルクシオンは高性能な移民船であり、単独での大気圏突破が可能らしい。

必要な物はルクシオン本体が揃えてくれるそうなので、俺が持っていく荷物は思い出の品などになるだろう。

問題は——誰を連れて行くのか、だ。

花束を持って廊下を歩く俺は、目の下に隈を作りながら少し上を向いて考える。

「三人は付いて来てくれるかな？」

不安を口にすると、ルクシオンが肯定してくる。

『可能性は高いですね。そうなると、連れて行くのはマスターやエリカを含めて五人ですか？』

「五人だけで宇宙で暮らすのも寂しいよな。そもそも、エリカはコールドスリープだろ？」

移民船の船内で五人暮らしを想像すると、ちょっと寂しく感じるな。

『魔素のある環境から脱出させれば症状は改善しますから、わざわざ冷凍冬眠は必要ありません。エリカも船内で普通に暮らせますよ。いっそ、マスターがエリカとの間に子を作れば、より旧人類の特徴を持つ人間が生まれる可能性が高いです。私たちが全面的にサポートしますよ』

ここぞとばかりにエリカとの間に子を作れと言ってくる。

こいつら、本当に諦めが悪いな。

「それは嫌だと言っただろうが。というか、エリカが宇宙に行くなら自分も行くって言いそうなのがいたな」

——マリエだ。

そして、マリエが行くと言えば、当然あの五馬鹿も付いてくるのだろう。

カイルやカーラはどうなるだろうか？

指折り数えていると、ルクシオンが呆れている。

『マリエたちも連れて行くおつもりですか？』

「ついて行くって言いそうだろ？　でも、あいつらがいれば退屈はしなそうだけど、実際どうなるかな？」

まずはアンジェたちに相談しよう。

俺はその前に、エリカの病室へとお見舞いに来ていた。

アインホルン級二番艦――リコルヌの艦内。

花束を持って訪れたのは、医務室で休んでいるエリカを見舞うためだった。

ついでに、エリカに俺も宇宙へ付いていくと教えるつもりだった。

もうすぐエリカの部屋に到着するのだが、廊下で俺たちを待っている奴がいた。

――普段と様子の違うクレアーレだ。

『マスター、重要な話があるの』

「クレアーレ？　エリカの病状が悪化したのか!?」

エリカの容態を心配する俺に、クレアーレは頭を振るような仕草で一つ目を左右に振った。

『エリカちゃんは眠っているわ。病状が改善しているわけではないけれど、悪化もしていないわよ』

「そうか。それを聞いて安心したよ。それで、重要な話って何だ？」

安堵のため息を吐いている俺に、クレアーレは普段の陽気な態度が嘘のように冷静に告げてくる。

『――マスターやエリカちゃんたちは、旧人類の末裔である可能性が高いわ』

「はぁ？」

俺は訝しんだ表情をクレアーレに向けた。

コイツは何を言っているのだろうか？

旧人類と新人類――その大きな違いは「魔素を利用して魔法を使えるかどうか」だ。

魔法が使えれば新人類という明瞭な判別方法がある。

それなのに、クレアーレは俺たちを旧人類の末裔と言った。

「それはあれか？　転生者で旧人類の特徴が出ているって話か？」

『そういう話じゃないのよ。とにかく、一度しっかり説明させて』

俺たちはクレアーレに連れられ、別室へと移動する。

◇

移動した先にあったのは、リコルヌの艦内に用意されたクレアーレの部屋だった。

元は研究所を管理する人工知能だったクレアーレの部屋には、色んな設備が置かれている。

研究室と言った方がいいのだろうか？

物が多く狭い部屋で、俺は空中に投影されたスクリーンを前に立ち尽くしていた。

薄暗い部屋の中――俺が見せられたデータは信じられない事実を突きつけてくる。

反応しない俺に代わって、ルクシオンがクレアーレに問い掛けている。

『エリカとミアで、魔素に対する反応が正反対であるとは認識していました。ですが、流石にこれは信じられません』

治療目的でエリカとミアちゃんの二人を解析したクレアーレは、そのデータを調べる中でとんでもない結論に達していた。

『だから可能性の話と前置きをしたでしょう？　でも、私の予測だけど、高い確率であり得ると判断しているわ』

ルクシオンがスクリーンに赤いレンズを向け、レンズ内のリングをしきりに動かしていた。

『エリカが旧人類の末裔で――ミアが新人類の末裔、ですか』

納得していないルクシオンに、クレアーレが様々なデータを渡しつつ説明する。

『私たちは当初、この世界の人類はすべて魔法が使えているから新人類であると判断していたわ』

『魔法を使えるのは新人類の大きな特徴です。――そもそも、旧人類にとって魔素は毒でした』

『そう、それよ！　エリカちゃんにとって、高濃度の魔素は毒だったのよ』

『それは転生者として旧人類の特徴が出た結果だと予想していましたが？』

『私もそう判断したわ。転生者――前世を持つマスターたちが特別であって、他は全員が新人類の末裔であると結論付けていたわ』

俺たちが信じていたものが、音を立てて崩れていくような感覚があった。

当初、俺は旧人類や新人類などという話は、あの乙女ゲーのフワッとした設定であると放置してきた。ろくに調べもせず、受け入れていた。

重要視しなかった結果が今だ。

クレアーレがホルファート王国で手に入れた情報を表示してくる。

きっと、どこからか盗んできた情報だろう。

ただ、今は問い詰めている暇も精神的な余裕もなかった。

『エリカちゃんの病状だけど、数は少ないけれど幾つか報告が上がっていたのよ』

エリカと同じように、魔素に苦しめられている子供たちがいるらしい。

詳細な報告が書かれた資料に目を向ければ、エリカ同様に一時期は回復していたと書かれている。

しかし、その後すぐに以前よりも悪化したそうだ。

クレアーレが端的に結果を述べる。

『私の予想では、王国の人間は旧人類の末裔よ』

俺はクレアーレに疑問をぶつける。

「旧人類は魔法が使えないって言ったのはお前らだぞ。俺だって魔法は使おうと思えば使えるんだ。間違いだろ」

俺はこの話を否定したかった。

間違いであって欲しかった。

だけど――クレアーレは知りたくない事実を告げてくる。

『私たちが眠っている間に、旧人類も魔法を研究したんでしょうね。自分たちが使えずとも、魔素を利用して応用する術を手に入れたと予測しているわ。そして、旧人類は魔素が充満するこの星に適応する道を選んだのよ』

「旧人類は宇宙に逃げたんじゃないのか？」

ルクシオンに視線を向けると、当時の事情を聞くことになった。

『――全ての人類を宇宙に上げる余裕は、当時はありませんでした。私は選ばれた人類を乗せて宇宙へ脱出するために建造されたのです』

「残された旧人類がいたのか」

取り残された人たちは、何とか生き残る道を模索したのだろう。

その結果、たどり着いた技術が――魔法というわけだ。

クレアーレは取り残された人々が、当時に何をしたのか予想する。

『旧人類は魔素を使えないから、機械を介して利用したのかしらね？　そして、次の世代に魔法を使う術を与えたと思うの』

俺にはここで疑問が生まれる。

「それはもう新人類と同じだろ？」

『大事なのはここからよ。旧人類は遺伝子に魔法で仕掛けを施していたの』

遺伝子に仕掛け？　魔法にそんなことが可能なのだろうか？

口を挟むのは続きを聞いてからでいいと、俺は黙ることにした。

クレアーレは淡々と予想を述べる。

『彼らは将来的に魔素が薄まると予想したと思うの。そうなれば、魔素がなければ生きていけない新人類は滅びると考えたのね。だから――将来、魔素が薄まったら旧人類に戻れるような細工がされていたわ』

「そんなことが可能なのか？　いくら何でも――」

『魔法は私たちにとっては未知の分野よ。可能性は捨てきれないし、実際に仕掛けが施された部分を発見したわ。彼らは新人類がいずれ滅びると予想して、手の込んだ仕掛けをしていたのね。まぁ、この時代で急激に変化するとは予想していなかったみたいだけど』

新人類って魔素がないと生きていけないのか？　それよりも、魔素が薄まった段階で先祖返りを果たすような仕掛けが驚きだ。

クレアーレは今後の問題を語る。

『その先祖返りを行うトリガーも厄介でね。微調整なんてできないみたいで、一度でも発動すると後戻りはできないのよ。一時的に魔素の濃度が急激に下がったから、今後はエリカちゃんと同様の症状を持つ子供たちが増えるわ』

「魔素の濃度が下がった？」

『マスター、覚えていませんか？　イデアルが守っていた聖樹は、魔素を吸収していましたよ』

ルクシオンに言われて思い出した。

アルゼル共和国での出来事を。

聖樹と呼ぶには禍々しいあの植物は、周囲の魔素を吸い上げていたな、と。

あの頃からしばらく、世界的に魔素の濃度が下がってしまったらしい。

クレアーレが頷いている。

『イデアルが希望と言うわけね。確かに旧人類にとっては、魔素を吸い上げて濃度を下げる希望だったのよ。もっとも、完全に除去できたとは思えないけれど』

輸送艦イデアル――ルクシオンたちと同じ人工知能だが、聖樹絡みの事件で敵対した奴だ。

暴走した聖樹をルクシオンと討伐したが、その際に問題が起きたらしい。

ルクシオンが当時の状況を説明してくれる。

『あの時の戦闘で、聖樹が一時的に周辺の魔素を吸い上げて濃度に変化が起きたと予測します。結果、エリカの体調は改善し――』

「逆にミアちゃんは悪化したわけか」

俺が俯いていると、クレアーレがエリカの解析結果を述べてくる。

『エリカちゃんの場合、他の子たちよりも早めに次の段階に進んだ特殊例ね』

転生者が旧人類の特徴を持つ、という仮説は間違っていたようだ。

エリカの場合、早めに次の段階へと進んだために旧人類の特徴が他よりも多く出た。

結果、環境に適応できずに病弱となっていたわけだ。

クレアーレは、旧人類の末裔である可能性がある国を述べていく。

『ホルファート、ファンオース、ラーシェル、レパルト――周辺国は旧人類側である可能性が高いわね。逆に、帝国は新人類側である可能性が高いわ』

そこから先はルクシオンが推測する。

『アルカディアが帝国を支援しているなら、その可能性が高いでしょう。気付いてなかったとしても、結局は新人類側に有利な環境が整います。アルカディアは魔素を生成し、散布する能力を保有していますから』

そうなれば、また魔素の濃度は濃くなっていくだろう。

エリカには――エリカと同じ体質の人間には、適応できない世界になるだろう。

『トリガーだけど、一度切り替わると後戻りはできない仕組みよ。このまま放置すれば、いずれ旧人類側は黙っていても滅びるわ。――アルカディアも気付いているのかもしれないわね。だから、王国に宣戦布告なんて考えたんじゃないのかしら？』

俺だけが狙いなら、わざわざ戦争をするまでもない。

それでも宣戦布告を決めたのなら、何か他の――旧人類を滅ぼしたいというアルカディアの目的があるからではないか？　クレアーレの予想に俺は冷や汗が噴き出ていた。

「何で今更そんな無駄なことをする？」

大昔の戦争は俺たちに関係ないはずだ。

それなのに、アルカディアが王国の民を根絶やしにするだと？

俺の疑問を察したルクシオンが、その答えを教えてくれる。

『マスター、我々の戦争は終わっていません』

「大昔に終わった話だろうが」

『終戦を迎えたという命令や連絡を受けていません。我々にとっては、まだ戦争は継続中なのです。それは、アルカディアたちも同様でしょう』

大昔の戦争が終わっていないとか、笑えないにも程がある。

もしもこの話が本当ならば、俺が宇宙へと逃げるだけで話が終わってくれそうにもない。

アルカディアがいる限り、旧人類にとってはこの先滅びの道が待っているのだから。

第06話「新しい家族」

俺が宇宙に逃げれば終わる話だと思っていた。

ホルファート王国からこの俺が消えれば、目標を失った帝国が矛を収めるだろう、と。

しかし、どうやらそんな単純な話ではないらしい。

あの乙女ゲーに、こんなにも根深く厄介な問題があるとは予想すらしていなかった。

——何が旧人類と新人類だよ。

もっと優しい世界を舞台にして欲しかった。

「伯父さん、顔色が悪いけど大丈夫？」

エリカが治療を受けている部屋は、リコルヌに用意された病室だ。

ルクシオンとクレアーレがこだわって作ったようで、様々な設備が用意されている。

何があってもエリカを死なせないという、二人の強い意志が感じられる部屋だ。

俺はエリカが横になるベッドの横で、椅子に座っていた。

笑顔を作っているが、ちゃんと笑えているか自信がない。

「ちょっと寝不足なだけだ。戻ったら昼寝でもするから心配するな。それよりも、エリカに一つ確認したいことがあるんだ」

だった。

「私に？」

上半身を起こしているエリカは、首をかしげている。

「俺たちに隠し事をしていただろ？」

病状の改善と悪化――短期間で自身の体に大きな変化が起きたにしては、エリカは落ち着いた様子だった。

前世を持っているにしても不自然すぎるほどに。

クレアーレの話を聞いてから、俺の頭には一つの可能性が浮かんでいた。

その様子は的中していたらしい。

エリカは俯いて申し訳なさそうにしている。

「――ごめんなさい」

「詳しく話してもらおうか。今後に関わってくる大事な話だからな」

あの乙女ゲーの三作目をやり込んだのは、俺が知る限りエリカのみだ。

マリエは中途半端に手を出して放置していたし、フィンに至っては妹がプレイしていたのを横で見ていただけ。

俺は一作目しかクリアしておらず、三作目に関しては何の知識もない。

事前にエリカから色々と話を聞いたが、そもそも前提条件から違った。

既にあの乙女ゲー三作目のシナリオが破綻《はたん》しているため、俺たちはその時々で適切な行動をしようという方針を選んだ。

だから見逃していた。

——エリカが俺たちに、情報を全て話していない可能性を。

エリカはポツポツと話をする。

「私が小さい頃、お母さんは仕事で忙しかったからほとんど遊んでもらえなかったの。寂しかったけど、別にお母さんを責めるつもりはないのよ。でも、お母さんと遊びたかったから、せめて同じゲームで遊ぼうと思ったの」

家にあったゲーム機を起動すると、あの乙女ゲーの三作目が遊べたらしい。

暇な時、寂しい時、エリカはゲームで遊んでいたようだ。

「何度も何度もクリアしたの。好きというか、お母さんが好きなもので遊んでいるって感覚が楽しかったんだと思う」

乙女ゲーに興味を持っているというよりも、マリエが遊んでいるゲームに興味があったのだろう。

俺は頭をかいて、不出来な妹のことを詫びる。

「あの馬鹿、もっと他の玩具も用意できただろうに。——悪かったな、伯父さんからも謝っておくよ」

「別に気にしていないよ」

優しく微笑むエリカは、そのまま続きを話す。

「お母さんのスマホで攻略記事を読んだことがあるの。それでね、悪役王女であるエリカには、実は本当に病弱って設定があったの。ゲーム中だと嘘吐き扱いだったけどね」

苦笑するエリカが言うには、悪役王女はこれまでの嘘が原因で周囲の信用を失ったらしい。――結果、病で苦しんでいる姿も嘘だと思われた憐れな存在だとか。

俺は病について詳しい説明を求める。

「その悪役王女様の病の原因は何だったんだ？」

「私もそこまでは詳しく知らないの。ただ――ミアちゃんが覚醒したタイミングで悪化していたから、それがトリガーになっているとは思う」

エリカが俺から顔を背けて俯いた。

つまり、エリカはミアちゃんの病状が改善した場合、自分の病状が悪化する可能性を知っていたことになる。

エリカが元気になれば、ミアちゃんが苦しむ。

ミアちゃんが良くなれば、エリカの病状が悪化する。

――旧人類と新人類の末裔同士が、同じ世界では生きられないと言われている気がした。

「お前はミアちゃんのために、自分が苦しんでもいいと思ったわけだ」

小さくため息を吐くと、エリカが俺に申し訳なさそうにしていた。

「私は前世も含めて十分に生きたからいいの。それに、お母さんや伯父さんとの思い出もできたから」

困ったような、嬉しそうな、そんな笑顔を俺に向けてくる。

前世を持つが故に諦めがいいのか？　それとも、これがエリカの人間性か？

伯父としては誇らしく思う部分もあるが、自分の命を犠牲にするような真似はして欲しくなかった。

「――お前は悪い子だな。親より早く死ぬのは親不孝だって習わなかったか？　俺がいなかったら本当に死んでいたんだぞ」

マリエを残して死んでも良いのか？　そんな俺の言葉に、エリカは困っていた。

「伯父さんが言っていい台詞じゃないと思うけど？」

「確かにな！」

右手を額に当てて笑いながら納得すると、エリカも微笑を浮かべていた。

俺は作り笑いを浮かべながら、エリカに言う。

「今後は何かあったら事前に知らせてくれよ」

「うん。でも、随分と古い記憶だから思い出せないことも多いの。思い出したら伯父さんに知らせるね」

エリカは自分の行いの結果、何が起きるのか知らずに微笑んでそう言った。

◇

廊下に出ると、部屋の外で待機していたルクシオンが近付いてくる。

『マスターは自身を客観的に見て発言するべきです。エリカへの発言の多くが、マスターにも当てはまりますよ』

「盗み聞きをするんじゃない」

『情報の共有を怠《おこた》るマスターをフォローするためです』

「口ばかり達者になりやがって」

俺が歩き出すと、ルクシオンが定位置へと移動してくる。

俺の歩行速度に合わせて、右肩辺りに浮かびながら赤い一つ目を向けてくる。

『エリカに事実を話さなかったのですね』

「あの子が知る必要はないだろ。――自分の選択で、大勢が命を落とすと知ったら可哀想だろうが」

可哀想と言ったが、俺は事情を知らないエリカを責められない。

ミアちゃんが健康になるために手を貸したのは俺だ。

罪があるとすれば、それは俺にあるのだろう。

俺が思い詰めた表情をしていたせいか、ルクシオンが心配して確認してくる。

『脱出するのが正しい判断です。マスターは何も間違っていません』

「もしかして、今更俺が方針を変えると思っているのか？」

『それでは、脱出計画を予定通り進めてよろしいのですね？』

「知り合いも乗せることになるから、人数は増えるだろうけどな」

どうせ勝てないなら、俺は家族や関係者――知り合いをルクシオン本体に乗せて、宇宙へと逃げるしかない。

ただ――何も知らなかったとは言え、どうしても責任を感じてしまう。

俺の気持ちを察し、心変わりをさせないためにルクシオンが説得を続けてくる。

『マスターは賢明な判断をしました』

「巻き込まれた連中は許してくれないだろうけどな」

『――マスターが脱出を決めたおかげで、旧人類の末裔は滅ぼされず生き延びることができます。絶滅するよりも賢い選択です』

「だといいな」

賢い選択肢をしたのだと、念を押してくるルクシオンは俺を危ぶんでいるように見える。

――この俺が、正義感を振りかざしてアルカディアに挑むとでも思っているのか？

それとも罪悪感に押し潰され、責任を感じて挑むとでも？

俺は大人だぞ。

それも汚い大人だ。

自分に対していくらでも言い訳を思い付く俺は、この事態でも逃げ出せる。

そもそも、大昔の戦争が終わっていないなどと誰が思う？

魔法が使えず、魔素という毒に苦しめられた旧人類がこの星で生き残っていると誰が予想する？

しかも、旧人類が魔法に手を出して、遺伝子に仕掛けをしただと？

剣と魔法のファンタジー世界の話ではない。

俺のせいじゃない。――あの乙女ゲーの設定が悪い。

「とにかく家族は連れて行きたい。説得するから、一度実家に戻るぞ」

『アインホルンの出港準備は済ませています。いつでも出発できます』

「――帝国の使節団が出発してからにするか」

そろそろ、フィンたちが帝国に向けて出発する。

それを見届けてからでもいいだろろ。

◇

帝国の使節団が王国より出発する当日。

港に停泊しているミアを迎えに来た飛行船では、使者が眉根を寄せていた。

「ヘリング殿ともあろう方が、暗殺に失敗するとは思いませんでしたよ。留学中は随分と親しくされていたようですが――もしや、帝国を裏切ったのではありますまいな？」

リオンと親しくしていた情報は、どうやら使者も掴んでいたらしい。

友人関係であれば、暗殺も容易《たやす》いと思っていたのだろう。

だが、失敗したと聞いて、今度はフィンの裏切りを警戒している。

フィンの側にいたブレイブが、憤慨して目を血走らせていた。

『俺の相棒を疑うのかよ！』

魔装のコアに激怒された使者は、腰が引けて態度が弱々しくなる。

「い、いいえ、そのようなことはありません。た、ただ――ヘリング殿が失敗するなど予想していませんでしたからね。万が一失敗したとしても、手傷くらいは負わせてくれると思っていたものですから」

フィンが無傷でいるのもあって、使者は疑っているらしい。

小さなため息を吐いてから、フィンは言い訳をする。

「あいつの側にいる人工知能が警戒を緩めなかったからな。近付くのも容易じゃない」

「はぁ、そうですか」

疑った視線を向けてくる使者は、フィンの言葉を信用していなかった。

すると、椅子に座っていたリーンハルトが会話に入ってくる。

「別にどっちでもいいじゃないですか。どうせ滅ぼすんですから、その時に戦えばいいんですよ。ただぁ～先輩にはちょっとガッカリですね」

フィンを慕っていたリーンハルトだが、暗殺に失敗した姿を見て幻滅している。

「何とでも言え」

そう言って話を打ち切ったフィンは、部屋の窓から見える外の景色に視線を向ける。

ホルファート王国の港では、見送りに来た者たちが押し寄せていた。

リーンハルトも使者も「いずれ自分たちに滅ぼされるとも知らずに可哀想に」とあざ笑っていた。

フィンは港を見ていると、そこにリオンの姿があるとブレイブに教えられる。

『相棒、リオンが来ているぞ』

「本当か？」

フィンがブレイブに手を触れて視界を共有すると、港にリオンが来ていた。

側にいるルクシオンが、リオンのためにフィンたちの姿を映し出して見せている。

リオンは何とも言えない顔をして立っている。

「あいつ、なんでわざわざ」

(俺の見送りになんて来るんじゃない。俺は——お前に来てもらう資格なんてないんだよ)

ミアを選んで王国を見捨てた自分に、見送りなど不要だと思っていた。

ブレイブが言う。

『本当に良いのか、相棒？　あいつらを見逃せば、後で絶対に後悔することになるぞ。ここでやった方がいい』

「——今更無理だ。あっちも俺たちを警戒しているさ」

(逃げろよ、リオン。俺はお前とは戦いたくないんだ)

◇

フィンたちを見送りに来た俺は、ルクシオンが拡大した映像を見ている。

空中に投影された映像では、窓越しにフィンが俺たちを見ていた。

「視界を共有するなんて、魔装は便利な機能があるんだな」

ヘラヘラ笑って言うと、いつも通りルクシオンが魔装相手に対抗意識を燃やした。

『その程度、幾つか道具を用意すれば私も可能です。いっそマスターの目を機械化し、視覚情報を共有しますか？』

「改造人間もそそられるが、俺は生身の方が好きだな」

冗談を言い合っていると、日常に戻ってきた気がする。

ただ、ルクシオンはすぐに冗談を止めてしまった。

『――今からでも本体で攻撃可能ですよ』

「逃げ出す俺たちに何の意味があるよ？　あいつらに攻め込む理由を与えるだけだ」

『理由があろうとなかろうと、彼らは攻め込んできます』

そのまま帝国の飛行船が港を出港し、離れて行くのを見送っていた。

周囲の人たちが帰り始める中、ルクシオンが言う。

『兄君が王都に来ております』

「兄貴が？」

『王都にあるローズブレイド家の屋敷を訪ねているそうです。実家に戻られる前に、面会して説得しますか？』

「そうだな。そうするか」

王都に来るとは聞いていなかったが、何か急用でもできたのだろうか？

◇

王都にあるローズブレイド家の屋敷。

領主貴族たちだが、大貴族ともなれば王都に屋敷を構えている。

王都に屋敷を構える理由は、いち早く情報を得るため。

他にも王都に滞在していると都合が良い場合も多く、そのため大貴族たちの屋敷が建ち並んでいる。

お昼過ぎ、ローズブレイド家の屋敷を訪ねると——ニックスの他にも、ジェナやフィンリーの姿があった。

応接間にて、家族で顔を合わせるとは思いもしなかった。

仕立ての良いスーツ姿のニックスは、俺の急な来訪を上機嫌で迎えてくれた。

「急に来るから驚いたぞ。それで、俺に何の用だ？」

「いや、兄貴がここにいるって聞いたからさ」

「顔を見に来ただけかよ。けど、丁度いいから俺からも一つ報告したいことがあるんだ。ドロテア、もういいよ」

兄貴がドアに向かって声をかけると、メイドが扉を開ける。

そこから入室してきたのは、お腹を大きくした【ドロテア・フォウ・バルトファルト】だった。

両手でお腹を大事そうに抱えながら、俺を見て嬉しそうに微笑んでいる。

「後で驚かせようと思っていたのに残念だわ」

俺はドロテアお義姉さんの姿を見て、動揺しながら尋ねた。

「そ、そのお腹は」

「ふふっ、赤ん坊に決まっているじゃない」

微笑んでいるドロテアお義姉さんに近付いたニックスは、そのまま優しく抱きしめていた。

「お前はドロテアの妊娠に気付いていなかったから、驚かせてやろうってみんなで話し合ったんだ」

お腹の大きさから考えると、夏期休暇終盤に俺が実家に戻っていた頃は妊娠していたということだろうか？

ジェナとフィンリーが、俺の様子に呆れていた。

「あんたって本当に鈍いわね。これで大公まで上り詰めるんだから、本当に驚きだわ」

「他のみんなはとっくに気付いていたのにね」

姉と妹から呆れた視線を向けられていると、ドロテアお義姉さんが俺に手招きする。

戸惑いながら近付くと、俺にお腹を向けてきた。

「触ってみる？」

「え？　いや、それはちょっと――あまりよろしくないと思うので」

俺が慌てて拒否する。

前世の感覚から言えば、不用意に妊婦のお腹に手を触れてはいけないと思ったからだ。

だが、ドロテアお義姉さんが困ったように微笑む。

「勝手に触られたら、その腕を切り落とすところだけどね。でも、今回は許してあげるから。それに、新しい家族が増えるのよ」

──何やら聞き逃せない危ない発言もあったが、俺はそれ以上に「新しい家族」という言葉に胸を締め付けられた。

恐る恐る伸ばした手が、ドロテアお義姉さんのお腹に触れる。

僅かに動いているような感覚が伝わってきた。

「おぉぉ」

何だか感動して目をむいて驚いていると、ニックスもドロテアお義姉さんもクスクスと笑っている。

俺たちの姿を見て、ジェナとフィンリーも話し始める。

「はぁ、私も早くオスカル様の子供を妊娠したいわ。そうすれば、妻として安泰ですもの」

「ジェナ姉は動機が不純すぎるのよ。捨てられないように気を付けなさいよ」

「大丈夫！　オスカル様ったら〜、この私に夢中だから〜」

「──こいつウゼぇ」

二人の会話を聞き流し、ドロテアお義姉さんのお腹を触っている俺は考えてしまう。

（この子はどっちだ？　この子もエリカみたいに──）

新しい環境に適応しようと、先祖返りを行っているのだろうか？

この子も宇宙へ連れて行くのが無難かと思っていると、ニックスが俺に言う。

「実はローズブレイド家の人たちが、是非ともお祝いをしたいって王都に招いてくれたんだ。飛行船の旅は不安だったけど、ドロテアも実家の方が安心するかと思ってさ」

ドロテアお義姉さんが、ニックスの肩に頭をコツンと優しくぶつける。

「親戚も集まって大変だったわ。バルトファルト家にいる方が休めたくらいよ」

「ごめんな。まさか、こんなに大勢がお祝いに来てくれるとは思わなかったんだよ」

「でも、懐かしい顔を見て安心したわ」

「それにしても、ローズブレイド家の親戚って多いよな。俺も驚いたよ」

「仲の良い親戚だけでも結構いるわね。そういえば、お父様のご友人たちが今度祝いの品を持ってきて下さるそうよ。小さい頃、可愛がってくれたおじ様たちだから、私も会うのが楽しみだわ」

——何てことない会話が続いている。

ローズブレイド家ともなれば、親戚の数や付き合いも多いだろう。

もし、この場で脱出の話をしたとしたら——一体、どれだけの人たちを連れて行きたいと言うのだろうか？

ドロテアお義姉さんのお腹から手を放した俺を、ジェナがからかってくる。

「リオンは甥や姪が生まれたら、過保護になって甘やかすかもね」

フィンリーも頷いている。

「私たち姉妹には厳しいけど、確かにそういうところがあるわよね。きっと、付きまとって迷惑がられるのよ」

二人が俺を笑っている。

普段の俺なら何か言い返していたかもしれないが、そんな気分になれず愛想笑いを浮かべていた。

そんな俺をニックスが心配してくる。

「どうした？　具合でも悪いのか？」

「いや、大丈夫だよ」

「そっか。あ、それより一つお願いをしてもいいか？」

ニックスが俺に頼み事？　頷いて了承した俺に、ドロテアお義姉さんが説明してくれる。

「ローズブレイド家の習わしなのよ。生まれた子を飛行船に乗せるの。立派な飛行船に乗せて、相応しい人物に育って欲しいって願掛けね。その習わしに、アインホルンを使わせてもらえないかしら？」

「アインホルンを？」

ニックスが俺を前に両手を合わせて頼み込んでくる。

「頼む！　アインホルンくらい有名な船なら絶対に間違いないはずだ！　それに、生まれてくる子に、大空を見せてやりたいからな」

――大空を見せたい？

ドロテアお義姉さんが微笑みながら、ニックスが語っていた夢について話をする。

「あなたは普段から、生まれた子供と一緒に家族旅行がしたいと言っているものね」

ニックスが照れながら笑っていた。

俺はその姿を見て――どうしようもなく辛かった。

第07話「選択肢」

ローズブレイド家を後にした俺は、夜まで王都にある公園のベンチに座っていた。

考えがまとまらなかった。

「ニックスの夢は叶えてやれないだろうな」

俺の呟きにルクシオンが答える。

『生まれてくるまでに数ヶ月の時間を有します。そこまで待っている余裕はありません』

「――ニックスには我慢してもらうしかないな」

『生まれてくる赤ん坊のためにも、それが賢明な判断です。ローズブレイド家の関係者を脱出者リストに加えます』

「あぁ、頼むよ」

『ただ――』

俺が顔を上げると、ルクシオンが少し申し訳なさそうにしているように見えた。

『全員を収容するのは不可能です。一部を冷凍冬眠カプセルに入れれば、まだ余裕はあるのですが』

「え？」

俺は大事なことを失念していた。

今まで助ける人数は俺を中心に考えていたが、そこから派生するように増えていく関係者を数え忘れていた。

当たり前の話だ。——全員を救うことなどできない。

俺は両手で顔を覆う。

「どれだけ助けられる？」

『あまり多く収容しては、艦内環境に問題が発生します。正直に申し上げれば、限界まで救助するべきではありません。脱出後、世代を重ねるのなら余裕は必要です』

入るだけ収容したとしても、その後に問題が起きては意味がない。

今後を考えても、収容する人数は多くない方がいいそうだ。

——思っていたよりも助けられない。

項垂れていると、俺の前を三人家族が通る。

子供を中心に、両脇には両親がいて手を繋いでいる。

幼い子供は空に浮かぶ月を見上げていた。

「お月様だ！　ねぇ、パパ、ママ、僕ね。僕ね！　将来は飛行船でお月様まで行きたいんだ」

幼子の無謀な夢に、両親は苦笑していた。

「お月様は難しいな。でも、船乗りにならなれると思うよ」

「本当？」

母親が幼子の頭に、優しく手を置いた。

「いつかお月様まで行ける飛行船ができるわよ」

「うん！　そしたら、僕はパパとママをお月様に連れて行ってあげるね！」

この瞬間、幼子の夢は船乗りになってお月様を目指すことに決まったらしい。

ただ、次の瞬間だった。

「けほっ、けほっ」

幼子が咳き込むと、父親が慌てて抱きかかえる。

「ちょっと無理をしすぎたね。大丈夫かい？」

「うん。今日は調子が良かったのに残念」

「きっとすぐに良くなるさ。そうしたら、パパと外で遊ぼうな」

「――僕、元気になれるかな？」

「きっと良くなるさ」

両親が弱気になる幼子を前に、涙ぐみながら励ましている姿が心に焼き付くようだった。

三人が去って行く姿をただ眺めていた。

幼子の様子から、俺はエリカの姿を連想する。

――今後、エリカのような子供たちが増えていくのだろうか？

環境に適応できず、苦しんでいくのだろうか？　と。

思い詰める俺に、ルクシオンが忠告してくる。

『マスター、全てを救うという考えは傲慢です。マスターには、救うべき人たちがいます。それを忘れてはいけません』

「あぁ、そうだ。俺は――」

優先するべきは周りの人たちだけでいい。

アンジェやリビア、そしてノエル――他にも家族や親戚を優先するべきだ。

名前も知らない誰かのために、大事な人たちを助けられないのは間違いだ。

握った右手を左手で握り締める。

力の限り。押さえ込むように。俺自身の馬鹿な考えを押し込めるように。

先程の家族と一緒に、まだドロテアお義姉さんのお腹に宿った命の感触が右手に残っていた。

これから、どれだけの子供たちが犠牲になるのだろうか？　そんなことを考えている間に、いつの間にか両手を開いていた。

同時に理解する。

――どうやら俺は、賢い選択を選べない大馬鹿野郎らしい。

「決めたよ、ルクシオン」

『ええ、すぐに脱出の人選を――』

「戦うぞ」

『マスター？』

ベンチから腰を上げた俺は、背伸びをして普段通りに振る舞う。

考えるのは止めて行動しよう。

「下手の考え休むに似たり、だったかな？　面倒になったからアルカディアと戦うことにした」

『何度も申し上げた通り、私では勝てません』

「だったら俺だけでやる」

『冗談を言わないでください。それはただの自殺行為です』

「――それでもだ。このまま黙って見ていられるか」

正義を語るつもりもない。

このまま黙って逃げ出せば、俺はきっと後悔するだろう。

一生、悩んで生きていく人生なんて――俺は嫌だ。

「お前は協力してくれないのか、ルクシオン？」

『どうしてマスターは、そんなにも愚かなのですか』

ルクシオンが俺の決断に理解できないと震えていた。

感情表現のバリエーションが増えたみたいだ。

「前世の頃から大馬鹿野郎だからな。俺だって賢く生きたいと考えているけどな」

『だったら』

「でも、愚者は賢者になれねーよ。転生したくらいで、俺の本質は変わらなかったわけだ。第二の人生で一つ学んだな」

諦めたのか、ルクシオンが俺に確認してくる。

『本気なのですね』

「駄目なマスターに捕まったお前に同情するよ。――悪いな、ルクシオン」

『本当に最低なマスターですよ』

「褒め言葉として受け取ってやる」

戦うと決めたら、俺もルクシオンも行動は早い。

こんなことばかりに慣れていく自分が嫌になるな。

『勝利条件を確認させてください。マスターの目的は何ですか？』

「アルカディアを叩き落とす」

『無謀です』

「ははっ、いいね！　――相打ち覚悟で潰してやるさ」

――たとえ、相打ちになろうともアルカディアだけは沈めなければならない。

多分それが、俺にとっての人生の意味になる。

そして――。

「お前の願いを叶えてやれるかもしれないぞ、ルクシオン」

『私の願い？』

「新人類が残した兵器と戦ってやる。全部ぶっ潰して、俺が旧人類の末裔を守ってやるよ。ま、成功した暁にだけどさ」

苦笑してやると、ルクシオンの反応は鈍かった。

『私の願い――願いは――』

第08話「婚約破棄」

「あの馬鹿兄貴、一体何を考えているのよ？」

連休が明けて、フィンたちが帝国に戻ってしばらくした頃。

マリエは学園の教室でふて腐れていた。

その理由はリオンである。

マリエの側で世話をするのも板に付いてきたカーラが、教科書やノートをしまいながらリオンを心配する。

「連休明けからずっと欠席していますからね。学園長も理由を聞いていないと言いますし、何があったんでしょうか？」

今の学園長は、リオンにとってお茶の師匠だ。

リオンが珍しく心から尊敬している大人である。

そんな師匠にも、リオンは欠席の事情を話していないらしい。

マリエは目を閉じて吐き捨てるように言う。

「無断欠席しても大公様だから咎められないし、教師たちも文句一つ言わないんだから」

「仕方がありませんよ。何度も国を救った英雄ですからね」

「英雄なら無断欠席しないで欲しいわね」

マリエがふて腐れている理由は、リオンが無断欠席をしているからではない。

リオンがいないために、体調不良で倒れることが増えたエリカの容態を確認できないためだ。

（ルクシオンは兄貴の側にいるし、クレアーレも動き回っていて捕まらないし。エリカは今も苦しんでいるのに、どうして側にいてくれないのよ）

頼れる兄が側にいないため、不安から苛立っていた。

そんなマリエを心配したカーラが、気まずそうにしながらも提案してくる。

「あの〜、いっそあの三人に話を聞いたらどうです？　できればノエルさん一人がいいんですけど、事情を知っているか微妙ですし」

「確かに事情は知っているかもしれないけど——あんまり話したくないのよね」

「私も同じですよ」

マリエとカーラの二人だが、一年生の頃にアンジェとリビアに散々迷惑をかけている。

その迷惑も命に関わるものが多く、後ろめたさから頼るのは気が引けていた。

二人が気兼ねなく頼れるのはノエルだけなのだが、問題が一つある。

リオンが仕事関係の相談をする場合、頼るのはアンジェという点だ。

ノエルが事情を詳しく知らない場合も多かった。

マリエは悩んで腕を組み、しばらく天井を見上げてから決断する。

「と、とりあえず、ノエルに話を聞いてみましょうか」

「それしかありませんね」

◇

(どうしてこうなるのよ!?)

マリエは冷や汗が止まらなかった。

放課後になってすぐに呼び出されたマリエがいるのは、女子寮のアンジェの部屋だ。

部屋の主であるアンジェと一緒に、リビアとノエルの姿もある。

椅子に座るマリエの後ろでは、カーラは従者のごとく立って控えて背景に徹していた。

マリエはノエルに視線を送る。

「ど、どうして私が呼び出されたのかな~? 私はノエルに話が聞きたかっただけなんだけど?」

(婚約者を奪い取った相手と、聖女の地位を奪った相手が私を睨んでいるんですけど!!)

アンジェとリビアの険しい視線を受けながら、マリエはノエルに理由を求めた。

ノエルは焦っているマリエの様子に気付かないようで、俯きながら真剣に呼び出した経緯を話す。

「リオンが欠席している件だよね? あたしたちも詳しく知らないのよ。ルクシオンはいないし、クレアーレもリコルヌから離れないからね」

「最近学園で見ないと思ったら、ずっとリコルヌの中だったのね」

「うん。だから、もしかしたらマリエちゃんなら何か知っているんじゃないか、って話になったの」

マリエが呼び出された理由は、アンジェたちも知らない事情を知っている可能性があるから、だった。

(いや、知らないから聞いたんですけど!!)

アンジェの鋭い視線を前に怯えたマリエが、冷や汗を流しなら頬を引きつらせる。

「私は何も聞かされてないから、ノエルたちなら知っていると思って聞いたのよ」

ノエルが小さく頷く。

「知っているわ。けど、普段から仲が良いでしょ？　だから、この際だから二人の関係もしっかり聞いておこうと思って」

マリエは、アンジェとリビアが険しい視線を向けてくる理由を理解する。

(こいつら、この場で私を問い詰める気だ!?　兄貴の馬鹿ぁぁぁ!!　せめて事情を説明してから欠席しなさいよ!!)

心の中でリオンを罵《ののし》るマリエに、アンジェが静かに尋ねる。

「私たちに何も告げずにルクシオンと出かけた。お前は何か聞いていないか？」

マリエとアンジェの間には因縁がある。

アンジェの元婚約者であるユリウスをマリエが奪ったからだ。

既に和解は済ませているが、だからと言って関係は改善していない。

リオンがいるから顔を合わせる機会が多いだけだ。

マリエはぎこちない笑みを顔に貼り付け答える。

「わ、私は何も聞いていないわよ。でも、何も言わずに出かけることは、これまでにもあったんじゃないの？」

（滅茶苦茶疑われているんですけど!!　兄貴がどこにいるかなんて知らないわよ！　これ、絶対に私たちの関係を疑っているじゃない!!）

リオンのせいで疑いをかけられたマリエは、心の中で泣いた。

だが、拒否したところで、アンジェとリビアの疑いは晴れない。

今度はリビアが問い掛けてくるのだが、口調は温和なのに表情は冷たかった。

「リオンさん、事情は話さなくても出かける際は声をかけてくれていました。でも、今回はそれもなかったんですよ」

そして、リオンを心配しているためか、場の空気に気を遣う余裕がないノエルがマリエに詰め寄ってくる。

「マリエちゃん、ちょっと前にリオンと話をしていたわよね？　その時、何か言っていなかった？」

リオンが出かける前、マリエと二人で密会していただろ――ノエルの発言に、アンジェもリビアも眉根がピクリと動いていた。

「だから、私は何も聞いていないわよ」

（エリカの件で話をしていただけなのに、どうして疑われないといけないのよ！）

マリエが否定すると、アンジェは我慢の限界に来たらしい。

「――以前から思っていたが、お前とリオンの関係は何だ？　リオンは腐れ縁だのと言ってはぐらかすが、どうにも納得できない」

リビアもこれまでの疑問を口にする。

「お小遣いも沢山渡していましたからね。それに――」

リビアが何かを言おうとしたタイミングで、ノエルが窓の方を見て声を大きくする。

「リオンが帰ってきた！」

窓の外を見れば、遠くにアインホルンの姿があった。

船首に前方に伸びた大きな角を持つ独特な姿は、遠目でもよく目立っていた。

マリエは安堵からため息を吐く。

(遅いのよ、馬鹿兄貴!!)

◇

リビアたちがリコルヌに乗り込むと、クレアーレの案内で応接室に通される。

ソファーに座ってリオンを待つ三人は、ロボットたちが用意した飲み物に口もつけていない。

アンジェは黙って苛立ち、ノエルは心配そうにしている。

リビアは――。

「マリエさんだけ、別で案内されちゃいましたね」

――一緒に乗り込んだのに、マリエだけ別室に案内されたのが気になっていた。

アンジェが不満そうにしているのはもこのためだ。

「エリカ王女のお見舞いとは言っていたが、そもそも不自然だ。あの二人に、何故接点がある？」

またマリエにだけ事情を話しているのではないか？　それが三人には辛かった。

ノエルが人差し指を付き合わせて、口をすぼめている。

「マリエちゃんだけ特別扱いって狡いよね。そもそも、二人の関係って何なのかな？　あたしはアルゼルで知り合ってからしか知らないけど、何というか不思議よね」

アンジェは小さくため息を吐く。

「頼ってくれるようになったと思ったんだがな」

少し前に関係を改善できたと思っていただけに、今回の件は余計に腹立たしいのだろう。

それはリビアも同じだった。

(以前マリエさんは、リオンさんのことを兄貴って呼んでいた。でも、後でその話が出た時は、リオンさんの実家で大騒ぎになったけど——結局、繋がりなんてなかった)

リオンの父親である【バルカス】が浮気を疑われた件がある。

それは、マリエがリオンの妹——つまり、バルカスの隠し子ではないか？　というものだ。

ラーファン子爵の夫人との不義を疑われたのだが、結局はあり得ないという話で落ち着いた。

そうなると、どうしてマリエがリオンを兄貴と呼んだのか不明のままになる。

(あの時は混乱していただろうから、事実じゃないのかも？　でも、リオンさんの様子を見ているとどうにも——)

三人とも、リオンがマリエを異性として見ているとは思っていなかった。

普段の態度もそうだが、リオンの好みから大きく外れているのも大きな理由だ。

それに、マリエに対する態度は——家族。それも、年下の弟や妹に向けるものに近かった。

マリエがリオンに近付いても、アンジェが激怒して強引に引き離さないのもこれが理由だ。

（どうしてリオンさんは、マリエさんを特別扱いするんだろう？　一年生の頃は嫌いだって言っていたのに）

学園に入学してから過ごした日々を振り返るリビアだったが、ドアが開いてリオンが入ってくると、思わず腰を上げた。

「リオンさん！　——え？」

久しぶりに見るリオンの姿だが、生傷が増えていた。

それにどこか荒々しくなったような印象を受ける。

そんなリオンが、普段通りに振る舞うのは違和感が強い。

「いや～、ごめんね。三人とも元気にしていたかな？　実はちょっとばかり面倒に巻き込まれて、その後処理が大変でさ～」

ヘラヘラ笑って無断欠席の理由を濁して答えるリオンに、ノエルは戸惑っていた。

リビアと同様に、リオンの雰囲気が変わったのを察したのだろう。

アンジェだけはリオンに駆け寄ると、右手を振り上げて——そのまま何もせず降ろす。

平手打ちをしようとしたが、直前で止めてしまった。

「馬鹿者が。今まで何をしていた？」

「だから、面倒事に――」

「それを私たちに教えろと言っているんだ。どうして隠す？　お前が困っているなら手伝わせろ。お前の問題は、私たちの問題だ」

理由を説明し、手伝わせて欲しいと頼むアンジェにリオンは――頭をかくと深いため息を吐いた。

リオンの表情が変わった。

今まで自分たちに向けたことのない冷たい視線に、リビアは一瞬恐怖を感じた。

怒らせた？　嫌われた？　それ以上に、リオンがこんな顔をするのかと驚いた。

心底呆れたような態度でリオンが言う。

「――もう何もかも面倒だな。いいや、この場で三人との婚約を破棄しよう」

事も無げに言い放つリオンに、リビアは手を伸ばす。

「リオンさん？　う、嘘ですよね？　だって――」

聞きたくなかった台詞を聞いて、リビアは青ざめ――アンジェは震えていた。

「ど、どうして今更――だってお前は私に言ってくれたじゃないか。私が欲しいと。レッドグレイブ家と争っても手に入れると――なのに――」

リビアの位置からは見えないが、きっと泣いているのだろう。

涙ぐむアンジェの声を聞いて、ノエルがリオンを睨み付ける。

「本気で言っているの？」

リオンは興味がなさそうに、自分たちに背を向けて歩き出してしまった。

振り向きもせず、リオンは三人に言う。

「本気に決まっているだろうが。それじゃあ、さっさと俺の船から降りてくれ。――もう、二度と会うこともない」

ドアが閉まると、アンジェがその場に崩れるように座り込む。

自分を抱きしめるアンジェに、リビアが駆け寄って抱きしめた。

「アンジェ!?」

「わ、私は――また捨てられ――だって、リオンのために――」

普段気丈なアンジェが子供のように泣いている姿に、リビアは心が痛くなる。

と同時に、自分も泣いていることに気付いた。

「どうしてですか、リオンさん。こんなの――酷いじゃありませんか」

理由も言わずに婚約破棄を言い放ったリオンに、三人は泣くか呆然とするしかなかった。

◇

三人との面会を済ませた俺は、その足でクレアーレの研究室に来ていた。

大きなテーブルの上には、俺が持ち込んだ戦利品の数々が並んでいる。

骨董品のような道具に、近未来の武器と種類は様々だ。

どれもダンジョンに挑んで持ち帰ったアイテムばかり。

――あの乙女ゲーで手に入る貴重なアイテムの数々だ。

どれも一作目をプレイしていれば確保できる物ばかりである。

クレアーレがそれらの品を見ている。

『王国の東を中心に回ったとは聞いたけど、随分と確保してきたのね』

「全部は回収出来なかったけどな。――俺も記憶が薄れているし、転生してすぐに書き記したゲームの知識も穴が多い」

こんなことならば、もっと詳細に書き込んでおくべきだったと後悔している。

ゲーム中で有用でなかった価値の低いアイテムの数々は、わざわざ覚えておく必要もないだろうとノートに隠し場所を書いていなかった。

現時点で一番欲しいアイテムが、その中にあったのに。

自分の詰めの甘さが悔やまれる。

クレアーレが金属製の杖に興味を示している。

魔法使いが使いそうな杖で、装飾なのか大きな宝石が幾つもあしらわれている。

『この宝石、魔素を取り込んでいるわね。持ち主の魔力を増幅する仕組みだわ』

「使えるか？」

『最適化のために分解する必要があるわね。杖の材質も――というか、杖である必要性がないわ。でも、マスターは魔法をあまり使わないでしょう？』

確かに俺は魔法を得意とはしていない。

だが、状況によっては使うこともあるだろう。

「選択肢が増えればそれでいい。すぐに分解して使えるようにしろ」

『文化的価値を失うけど？』

遺跡から手に入れた貴重な品であるが、今の俺にとっては道具に過ぎない。

悪いが、今の状況で文化的な価値にまで気を遣っている余裕はなかった。

「構わない。やれ」

『オッケー』

軽い口調で引き受けたクレアーレは、作業用ロボットたちにテーブルに置かれた品々を片付けさせていく。

クレアーレが俺に青い一つ目を向けてきた。

『それよりもマスター、数日見ない間に筋肉量が増えたわね。――過度な薬物の使用はお勧めしないわよ』

「その程度で勝率が上がるなら問題ないだろ」

表情を変えずに言うと、クレアーレが少し戸惑っているように感じられた。

俺が聞き入れそうにないので、ルクシオンを注意する。

『マスターの体調管理はルクシオンの管轄よね？』

『――命令と言われては拒否できません』

そこで二人の会話が終わったので、俺は今後の予定について話をする。

「補給と整備が終わったら、明日から南に向かう」

まだ回収するべきアイテムは残っている。

時間がないので、すぐにでも出発したかった。

クレアーレは俺を心配しているようだ。

『少しは休まないと体に悪いわよ』

「やれることは全部やりたいんだよ」

――帝国が宣戦布告をするまで、あまり時間が残されていないだろう。

本当ならすぐにでも勝負を決めたいが、今のままでは勝率が低すぎる。

アイテムを回収するのも、体を鍛えるのも、全ては勝利するため――アルカディアを破壊するためだ。

それから、勝利に欠かせない存在がもう一つ。

「――お前たちのお仲間には連絡が取れたのか？」

クレアーレに尋ねると、青い一つ目を左右に振った。

『駄目ね。どいつもこいつも、アルカディアを目指しているわ。アルカディアに近付けば通信が駄目になるのよ。接近すれば連絡も取り合えるでしょうけど』

近付きすぎれば、アルカディアに察知され攻撃される、か。

「呼びかけは続けろ。旧人類の末裔が生きているって教えてやれば、お前らのお仲間たちが王国に集まってくるはずだ」

ブレイブの話が本当なら、人工知能を搭載した兵器たちが目覚めているはずだ。

そいつらを仲間にできたなら、俺たちにも可能性がある。

ギリギリまで勝率を上げたい。

そのためなら——何だってするさ。

黙っていたルクシオンが、先程のことを俺に聞いてくる。

どうやら、婚約破棄をした件について不満を持っているらしい。

『マスター、アンジェリカたちとの婚約を破棄した理由は何ですか？　そこまでする必要はありませんでした』

「面倒だったからだ」

腕を組んで、ルクシオンから視線を外して何もないテーブルの上を見る。

『普段のマスターなら誤魔化せたはずです。今までもそうしてきました。それなのに、アンジェリカたちをわざと傷つけましたね』

俺が眉根を寄せると、クレアーレが会話に割り込んでくる。

『マスターってば最低ね！　——って態度で振る舞って、あの三人が素直に別れてくれることを望んだの？　マスターは、本当に面倒な性格をしているわね』

クレアーレは呆れているが、ルクシオンは怒っている。

『ただの別れ話ではありませんよ。マスターの場合、前提が問題です。マスター、生きて帰るつもりがありますか？』
ルクシオンの質問に、俺は何も答えなかった。
ただ、この場にいるのも面倒になったので口を開く。
「――マリエも来ていたよな？　どうせエリカの部屋だろ。ちょっと様子を見てくる」
研究室を後にすると、後ろからクレアーレの声が聞こえてくる。
『逃げちゃった』

第09話「マリエのヒーロー」

「お母さん、伯父さんが学園を無断で欠席しているって本当なの？」

「エリカは知らなかったの？」

リコルヌに用意されたエリカ専用の病室では、マリエとエリカが話をしていた。

話題は最近姿を見せなくなったリオンについてだ。

マリエは不満そうにエリカに事情を話す。

「リコルヌにいるのに知らなかったのね」

「母上の手紙ではじめて知ったの。――正直、母上の手紙で伯父さんの近況が届くのはどうかと思うんだけどね」

どうやら、ミレーヌはリオンが無断欠席をしている件を心配しているらしい。

問題なのは、それをエリカの近況報告の手紙に書いていることだ。

マリエは腹立たしくて仕方がない。

(何で兄貴は王妃に手を出しているのよ。そもそも、そんな事情をエリカに教えるとか、あの王妃も頭お花畑だわ)

リオンの恋愛事情をエリカが知らされる形になっており、マリエは怒りを覚えた。

エリカはマリエから見てもやつれており、上半身を起こしているだけでも辛そうに見える。

病状が悪化しているのはマリエも気付いており、そんな状態のエリカを心配させるリオンが許せなかった。

「連休明けから休みだして、ようやく戻ってきたのが今日よ。誰にも何も言わずに休むから、私が何か事情を知っているんじゃないか、ってあの三人には疑われるし」

今思い出しても、アンジェやリビアの視線は恐ろしかったとマリエは身震いする。

エリカはそんなマリエの様子に苦笑するが、すぐに表情が曇った。

「――もしかしたら、私のせいかもしれない」

「どうしてよ？」

「伯父さんが休む前に、私のお見舞いに来たの。その時、辛そうなのに無理して笑っている顔をしていたから」

「兄貴がここに来ていたの？　それってまさか病気が――」

エリカの話を聞いて、マリエは最悪の予想をする。

それは、病気の改善が見込めず――このままエリカが死ぬのではないか？　というものだ。リオンが辛そうにしていたのも、エリカを助けられないと気付いていたからではないか？

急にいなくなったのも、何か手立てを探していたのでは？

不安が大きくなってきたところで、ドアが開いて話題のリオンが入室してくる。

どうやら、二人の話し声は聞こえていたらしい。

「エリカの病気なら心配しなくていいぞ」

「兄貴!?」

振り返ってリオンを見れば、作り笑いを浮かべていた。

無理矢理作った笑顔に、マリエは嫌な予感が拭えない。

エリカもリオンの異変に気付いたようだ。

「伯父さん、何かあったの？　ちょっと痩せたんじゃないの？」

病気でやつれたエリカに心配されたリオンは、わざとらしく元気をアピールする。

力こぶを作って見せていた。

「俺の方は元気だよ。ちょっと体脂肪を減らしつつ、筋肉量を増やしただけだ。いや〜、ルクシオン製の薬が凄くてさ〜。たったの数日で体脂肪が数パーセントも落ちるんだよ。それなのに筋肉は増えるんだぜ」

自慢話をするリオンを見て、普段のマリエなら「それ私にも頂戴！」と言っている場面だろう。しかし、今日は冗談が言えなかった。

エリカもリオンの嘘に気付いたのか、疑っているらしい。

「傷が増えているわよ。無茶をしているんじゃないの？　もしかして、前に私が言ったことが原因？」

リオンは言い訳を続けてもボロが出ると思ったのか、頭をかいて申し訳なさそうにする。

「――お前たちは騙せないか」

やっぱり嘘を吐いていた、とマリエは憤慨する。

「当たり前でしょうが！　学園も休んで何をしていたのよ。ちゃんと白状してよね」

マリエとエリカ。

二人に見つめられたリオンは、小さくため息を吐くと右手を腰の後ろへと回した。

何か取り出すつもりか？　そう思っていると、リオンが拳銃を取り出す。

「――え？」

マリエが目をむいて驚いた瞬間には、リオンはためらうことなく引き金を引いていた。

パシュッという音を立てた拳銃の銃口は、エリカを狙っていた。

すぐに振り返ると、エリカに何かが突き刺さっている。

「お、じさ――」

エリカも驚いていたが、すぐに目を閉じてそのまま体が倒れてベッドに横になった。

マリエはすぐにリオンに詰め寄る。

「何をするのよ！　何でエリカに！」

混乱するマリエに、リオンはため息を吐きながら事情を話し始める。

「エリカのためだ」

「これがどうして!!」

錯乱するマリエに、今まで黙っていたルクシオンが電子音声を発する。

『麻酔銃です。エリカは眠っているだけですよ』

振り返ってエリカを見れば、寝息を立てていたのでマリエは安心する。

「良かった～。というか、エリカに麻酔銃を使うとか何を考えているのよ！」

それでも怒りはするマリエに、リオンが近くにあった椅子に座って話を続ける。

「お前も気付いているだろう？　エリカの病気は治っていない」

「――うん」

「本当なら、もっと早くにコールドスリープで眠らせるはずだった。それを拒んだのは、お前との思い出が欲しいって言ったエリカだよ」

「エリカが？」

冷凍冬眠――肉体を凍らせて肉体を保存する方法だ。

だが、これを行えば、その間は何も出来なくなってしまう。

エリカが自分との時間を優先して、コールドスリープを拒んでいたと聞いてマリエはショックを受けた。

「どうして教えてくれなかったのよ」

「エリカの意思だ。だけど、もう限界が来ていたから眠らせることにした。それに――これ以上、エリカに起きていてもらうと困るんだよ」

「え？」

リオンはここから、陽気に現状を説明する。

「実は帝国と戦争をすることになったんだ」

「はぁ!?　何でよ!?」

「俺が知るかよ！　というか、相手側にもルクシオンみたいなのがいてさ。王国を滅ぼしてやるぜ！　って言っているみたいだからな」

「うわ〜、本当に迷惑ね」

迷惑と言いながらマリエはルクシオンに視線を向けた。

だが、ルクシオンはマリエから一つ目を逸らしてしまう。

「それで、大丈夫なの？　というか、帝国ってミアちゃんたちが戻ったばかりじゃない」

リオンは肩をすくめて言う。

「何とかするに決まっているだろうが。まぁ、それはともかく——これ以上、エリカに負担をかけたくないからな。そろそろ眠ってもらう。全部終わったら、治療法探しに専念するよ」

マリエはリオンの説明を聞いて、隠していた内容はこのことか、と納得する。

確かにこれはエリカに話せない。

今のエリカに話してしまえば、心労から病気が悪化する可能性もある。

「だったら先に説明してよ。本当に不安だったんだからね！」

「悪かったって」

マリエはリオンに幾つか確認する。

「エリカの病気は治るのよね？」

「もちろん！」

「戦争も――その、ミアちゃんたちは大丈夫よね？　兄貴はフィンと友達だし、殺したりしないわよね？」

「当たり前だろうが！」

リオンが問題ないと言うのだ。

だったら大丈夫だろう――とマリエはリオンの言葉を信じる。

前世からそうだった。

「そっか。兄貴が言うなら間違いないわね！」

(兄貴が大丈夫って言うんだから、絶対大丈夫。だって兄貴だもん！)

ここぞという場面で頼りになる兄の言葉をマリエは信頼していた。

「――あぁ」

マリエが安堵から満面の笑みを見せると、一瞬だけリオンの表情が曇る。

マリエが首をかしげると、ルクシオンがやや強引に会話に割り込んでくる。

『マスター、そろそろ時間ですよ。エリカは後でリコルヌの作業用ロボットたちが運びますので、すぐに移動しましょう』

「そうだな。そろそろ俺は行くよ。色々と忙しいからな」

「うん！　頑張ってよね、兄貴。エリカの命は兄貴にかかっているんだからさ」

立ち上がったリオンは、苦笑しながらマリエに言う。

「重いっての。――まぁ、俺が何とかしてやるよ」

リオンが部屋を出て行く際に背中を見せる。

マリエはその背中に頼もしさを感じていた。

口には出さないが――マリエにとって、リオンは前世から頼りになるヒーローだった。

何があっても助けてくれたし、どんな問題も解決してくれた。

いなくなってからは色々と困ったが、今は違う。

リオンがいるなら何とかしてくれる。

――そんな期待を抱いていた。

(あれ？　兄貴、今日は元気がないわね)

しかし、今日のリオンの背中は、少しだけ小さく見えた気がした。

◇

廊下に出ると、ルクシオンが俺に小言を言ってくる。

『安請け合いしすぎです』

「別に良いだろ？　俺たちが勝てば、魔素の濃度はこれ以上濃くならない。クレアーレが残っていれば、苗木ちゃん――いや、若木ちゃんと一緒に魔素の問題をどうにかしてくれるさ」

別に俺自身が解決しなくても、アルカディアを倒せばエリカを救える。

それにしても――エリカは聡い子だな。

俺の隠し事を見抜くばかりか、その原因が自分にあると気付き始めていた。

もっと早めに眠らせておくべきだったよ。

ルクシオンは、俺のマリエたちへの態度に疑問が生じたらしい。

『マスター、私には疑問があります』

「何だ？」

『どうして、アンジェリカたちのように、マリエを突き放さなかったのですか？』

アンジェたちへの態度を今も責めてくる。

俺は小さなため息を吐いてから教えてやる。

「マリエは図太いからだ。俺がいなくなっても生きていけるし、今のあいつには五馬鹿や愉快な仲間たちがいるじゃないか」

『アンジェリカたちには、マスターしかいませんが？　かなりのショックを受けていました。今後が心配です』

「だからだよ。――俺なんて忘れて、さっさといい男を探せばいい」

『婚約者三人に対して、あまりにも冷たすぎませんか？　せめて、マリエたちに見せた優しさを少しでも――』

「俺は優しくない」

強引にこの話を打ち切ろうとするが、今日のルクシオンはしつこかった。

『せめて誤解を解きましょう。マスターがあの三人を愛しているのは事実です』

俺は可笑《おか》しくなって拭きだしてしまった。

愛しているだって？

「婚約者が三人もいる時点で、それは愛じゃないだろ。いや～、実は俺って内心ではハーレムができて嬉しかったんだよ。けど、面倒くさくなってさ。付き合ってみて理解できたね。女っていうのは色々と面倒だって。人生二度目にして、また一つ賢くなったよ」

『嘘ですね』

「本当だ」

『マスターは嘘吐きです。私にもろくに本音を語ってくれません』

俺の言葉を信用しないルクシオンが、黙って見つめてくる。

耐えきれなくなって、俺は本音をこぼす。

「忘れて欲しいのは事実だよ。そもそも、俺なんかが、あの三人に関わるべきじゃなかった」

あの乙女ゲーの知識を持ってうまく立ち回っただけの俺が、あの三人に愛される資格があるのだろうか？

ずっと心の奥で引っかかり、見ないようにしてきた。

だが、今なら理解できる。

アルカディアという勝てない相手が現れ、逃げ出そうとする俺が、あの三人に相応しいはずがない。

「結局、俺は場違いだったな」

『場違い？　何を言っているのですか、マスター？』

「あの三人に俺が釣り合っていないって話だよ。もっと相応しい相手がいるはずだ」

これが嘘偽りのない俺の本心だ。

どこまで関係を深めようと、前世を持つ俺の真実を話せない時点で後ろめたい。

俺はルクシオンに視線を向ける。

「あの三人のフォローを頼む。それから、マリエにはうまく言っておけよ」

駄目な男に騙されてショックを受けているのなら、誰かがフォローしてやるべきだろう。

『マスターから真実を伝えるべきです』

「駄目だ。あの三人は巻き込みたくない。——頼むよ、ルクシオン」

もう俺がアンジェたちと話す機会は訪れないだろうから。

『——クレアーレと共に様子を見ます』

「そうしてくれ」

大きな問題が一つ解決した。

歩きながら、俺はマリエとの会話を思い出す。

「それにしても、あの馬鹿は昔から都合のいい時だけ俺を頼ってさ」

俺が少し嬉しそうにしているように見えたのだろう。

ルクシオンは不満そうだ。

『マリエの頼みは安請け合いして、アンジェリカたちには冷たい。クレアーレの言う通り、本当に面倒くさいマスターですね』

「好きに言えばいい。さて、マリエにも頼まれたし、頑張るとしますか――っと、そうだった。マリエには婚約破棄の件を伝えていなかったな。ルクシオン、クレアーレに誤魔化すように伝えておいてくれ」

『了解しました』

今度のために婚約者たちを捨てた。

妹にも姪っ子の命を頼まれた。

守りたいものが多すぎて本当に困る。

◇

歩いているリオンについていくルクシオンは、マリエに対して不思議な感情を抱きつつあった。

(マリエの言葉がマスターを追い詰めている)

前世の妹であるマリエに頼まれたという理由で、リオンがやる気を出している。

そのやる気というのが問題だった。

――リオンは自らの命を勝利条件にいれていない。

つまり、自分の命を失おうとも、勝ちさえすればいいと考えている。

アルカディアと戦う事自体が無謀である。

それを考えれば、リオンが命をかけるのは当然とも言える。

しかし、今のリオンは自ら命を捨てにいっていた。

(肉体を急いで鍛えようとして、薬物に頼りすぎている。このままでは、生き残っても後に後遺症が出る可能性も。いえ、そもそも寿命が縮むでしょうね)

リオンが使用している薬は、効果もあるが劇薬だ。

当然ながら体にも負担がある。

自分たちが側にいて治療したとしても、確実にリオンの命を削るだろう。

今後のことなど一切考えていない証拠である。

(どうして、そんなにも簡単に自分の命をかけられるのですか？　これ以上、マスターの負担を増やせません。回収するアイテムのいくつかは、リストから外しておかなければ)

リオンの体への負担を考え、いくつかのアイテム——特に薬物はリストから除外することをルクシオンは決める。

それがリオンの命令に反していたとしても。

第10話「兄のために」

リコルヌを降りたマリエに、港で待っていたカーラが駆け寄ってくる。

「マリエ様、中で何があったんですか!?」

動揺しているカーラに、マリエは首をかしげた。

「中？　王女様のお見舞いをしてきただけよ。――まぁ、色々と面倒な話は聞いたけど、それくらいかしらね」

帝国との戦争が起きる、などとこの場で言えるはずもない。

それに、リオンが大丈夫と言っていた。

今回もきっと、リオンが問題を解決してくれるとマリエは信じていたので焦らなかった。

カーラはマリエの反応に困惑している。

「でも、先に降りてきたあの三人の様子がおかしかったんです。三人とも泣いていて、アンジェリカ様なんて立っていられない様子でしたから」

「何があったのよ？」

アンジェたちが泣いていたと聞いて、マリエは驚いて目を見開いた。

ただ、カーラも詳しい事情は聞けなかったらしい。

「話しかけたんですけど、何も答えてくれなかったんです。だから、マリエ様なら何か知っているんじゃないかと思って」

「ごめん。私は何も聞いていないわ。リオンと何かあったのかしら？」

思い浮かぶ原因はリオンしかいない。

だが、あの三人にリオンが酷いことを言うとも思えなかった。

「もう一度中に入って話を聞くわ。カーラも来なさい」

「はい」

カーラを連れてタラップからリコルヌへと乗り込むのだが、艦内へと入る扉は固く閉ざされていた。

ドアノブを触っても動かず、鍵がかけられている。

「ちょっと、開けなさいよね！　どうせ聞いているんでしょう！」

ルクシオン、もしくはクレアーレが外の様子を見ているはずだ。

そう信じて声をかけると、クレアーレの電子音声が応対してくる。

ただ、姿を現してはくれなかった。

『残念だけど、忙しいから中に入れられないの。今日は帰って』

「クレアーレ、兄貴を呼び出しなさい！」

『駄目よ』

「なっ!?」

クレアーレは、これまでマリエに対してフレンドリーだった。

しかし、今日は冷たく突き放してくる。

『マスターは忙しいの。今は数分だって無駄にできないのよ』

「でも！」

『マリエちゃんでも、マスターの邪魔をするのは許さないわよ』

「クレアーレ？」

結局、マリエはそのまま帰るしかなかった。

◇

マリエが学園に戻ってくると、もう夜になっていた。

戻ってくるのを待っていたのか、ブラッドが校門前に立っている。

マリエを見ると近付いて来るのだが、カーラと同様に困惑していた。

「大変だよ、マリエ。あの三人が――」

「知っているわ。でも、私は何も知らないのよ。リオンに確認しようとしたけど、リコルヌの中に引きこもって出てきてくれないし」

それだけ言うと、ブラッドがアゴに手を当てて考え込む。

「マリエでも中に入れてくれないとなると、僕たちが出向いても無理そうだね。ルクシオンやクレアーレは、僕たちに特に厳しいから」

「リオンが戻ってきたら問い詰めてやるわ」

怒りが収まらないマリエは、大股で学園の敷地内へと入っていく。

そんなマリエを、カーラとブラッドが追いかけた。

カーラは不安そうにしている。

「リオンさんたち、これまでにも何度か揉めていましたけど、今回みたいなのは初めてですよね？　あのアンジェリカ様が、あそこまで憔悴《しょうすい》している姿を見たのは初めてですよ」

ブラッドは頷きつつ、学園に戻ってきた三人の様子について簡単に説明する。

「おかげで生徒たちが大騒ぎだよ。肝心の三人は引きこもっているから詳細もわからない。こんな時に、リオンは何をしているんだか。――女性を悲しませたら駄目じゃないか」

ブラッドもリオンに原因があると考えているのだろう。

ただ、詳細が不明であるため、女性の扱いを責めるに止めている。

マリエはブラッドに視線を向けると、随分と心配しているようだ。

「あの三人が心配なの？」

ブラッドは苦笑する。

「マリエを前に言うのも変な話だけど、アンジェリカとは昔から顔見知りだからね。それに、オリヴィアさんやノエルさんとも知らない仲じゃない。そりゃあ気になるけど――僕が一番心配しているのはリオンだよ」

ブラッドが男を心配していると聞いて、カーラが驚いていた。

「どうしてリオンさんなんですか？」

「まぁ、短くない付き合いだからね」

ブラッドが答えをはぐらかしている間に、マリエたちは女子寮に到着する。

男子であるブラッドは中には入れないため、ここまでだ。

「三人のことをよろしく頼むよ。僕は、他のみんなに知らせてくるからさ」

◇

リコルヌの艦内。

研究室に姿を見せたルクシオンに、クレアーレが話しかける。

『マスターは寝たの？』

『睡眠薬を使用して眠りにつきました。これで六時間は目を覚ましません』

『強力なやつを処方したのに、六時間しか眠れないのね』

『――今のマスターは異常です。正常な判断が下せていません』

『愚痴を言いたいならメッセージで送ってよ。というか、あんたの方がどうかしているわよ。マスターからの命令なのよ』

アルカディアを倒す。

その命令を受けて、ルクシオンもクレアーレも動いている。

疑問を持つルクシオンの方が、クレアーレからすると問題である。

『それにしても、マスターってば本当に行き当たりばったりなんだから。このタイミングで婚約破棄はするし、マリエちゃんには疑われるし。もう、後のことなんて考えていないのかもね』

旧人類の末裔を守るために戦うリオンだが、そこには抜けているものがあった。

——自身の命だ。

戦いに勝利し、生き残った場合を想定していない。

それが、今回のような雑な対応に繋がっている。

ルクシオンはしばらく黙り込んだ後に。

『クレアーレ、私たちはマスターに彼女たちのフォローをするように命令されました』

『されたわね。ショックから立ち直れるように、私がサポートするわ』

『私に一つ提案があります。協力願います』

ルクシオンからの提案に、最初は難色を示すクレアーレも——結局手伝うことにした。

◇

女子寮にあるアンジェの部屋では、ノエルとリビアが話をしていた。

泣き疲れてベッドで眠ってしまったアンジェを見ながら、ノエルは今日のことを話す。

「絶対におかしいって。リオンがあんなこと言うはずがない」

リオンの様子がおかしかったと言うノエルに、リビアの反応は薄い。

「――そう、ですかね？　でも、私たちがしつこいから呆れられちゃったのかも」

自信を喪失したリビアは、何を言っても自分が悪いと言うばかりだ。

ノエルが頭をかく。

「今日のリオンは変だったじゃない。きっと何かあるんだって。オリヴィアも自信を持とうよ」

リビアを説得しているノエルだが、目の周りは赤く腫《は》れていた。

先程まで泣いていた証拠である。

リビアはポツポツと思い出を話し始める。

「私に自信をくれたのはリオンさんなんです」

「そうなの？」

リビアは小さく頷く。

「この学園に入学したばかりの頃は、何も知らなくて大変でした。貴族様たちの学園に、平民の私が通うのが駄目みたいで――でも、リオンさんはそんな私を守ってくれたんです。沢山迷惑もかけました。でも、その時は許してくれて――なのに、今度は――私がわがままを言ったから」

また泣き出すリビアを見て、ノエルが背中をさすってやる。

(普段はもっと強《したた》かなのに、今日は本当に――ん？)

最近では強かになったリビアだが、リオンに否定されたのが相当にショックだったのだろう。

自信を喪失して自分を責めていた。

そんなリビアから視線を外したノエルは、窓の外を見ていた。

赤と青の二つの光が、どこかに向かっているのが見えたからだ。

「リビア、ちょっとアンジェリカを起こしてきて」

「え？　でも、ようやく落ち着いたばかりですよ」

「いいから！」

リビアにそう言うと、ノエルは光がどこに向かうのかを確認する。

（あれは、ルクシオンとクレアーレで間違いないわ。こんな時間に何をしているのよ？）

◇

マリエがアンジェリカの部屋を訪ねようとすると、ノエルがドアを勢いよく開け放って飛び出してきた。

「ノエル、ちょっと話が――」

慌てて呼び止めるマリエだったが、ノエルは余裕がないらしい。

「ごめん、急いでいるから後で！」

走り去っていくノエルは元気そうに見えて、マリエは小さなため息を吐く。

「元気そうじゃない」

側にいたカーラは、慌てて嘘は言っていないと弁解してくる。

「港で見た時は本当に落ち込んでいたんですよ！」

「疑っていないから安心しなさいよ」

（ブラッドも落ち込んでいた、って言っていたし）

ただ、気になったマリエはノエルを追いかける。

とりあえず話を聞きたいのもあるが、できればノエルから事情を聞きたいからだ。

「とにかく追いかけるわよ」

「は、はい」

二人はノエルを追いかける。

◇

泣き腫らした目のまま、アンジェはリビアに連れられて部屋の外に出た。

「アンジェ、こっちです」

「わかったから引っ張るな」

リビアに連れられ向かった先は、女子寮にある倉庫だ。

普段使われていないため、寮を管理する職員が鍵をかけて閉じている。

しかし、今日に限っては鍵がかかっていなかった。

引き戸であるのだが、少し開いておりそこから中の様子がうかがえる。

その周囲には、ノエルの他にマリエとカーラの姿もあった。

ノエルが唇に人差し指を当て、静かに、とジェスチャーをする。

アンジェが黙って中の様子を確認すると、何やら話し声が聞こえてきた。

ルクシオンとクレアーレだ。

『――それでは、クレアーレには三人のフォローをお願いします』

『オッケー。傷心中の三人を優しく慰めておくわ。それにしても、マスターってば本当に鬼畜よね。婚約者をアッサリ捨てるんだもの』

クレアーレの捨てるという言葉に、アンジェは胸元で手を握った。

リオンに捨てられたという現実に心が苦しくなるのだが――。

『本意ではありません。現状を考慮すれば仕方がないのです。今回に限っては、マスターもそれだけ必死なのですから』

『マスターってば段取りと要領が悪いわね。これ、人間風に言うなら面倒くさいってやつかしら? 素直じゃないって嫌よね～』

ルクシオンの「リオンの本意ではない」という言葉に、アンジェは我慢できずに飛び出してしまう。

「どういう意味だ！」

ドアを開け放ち、中に入っていくアンジェの後ろでは、リビアたちが慌てていた。

ルクシオンたちに見つかり、申し訳なさと恥ずかしさの入り交じった顔をしている。

アンジェが堂々と侵入してきたことに、ルクシオンが少し呆れている。

『我々の話を盗み聞きする程度は見逃しますが、話に入り込むとは何を考えているのやら』

「お前たち、わざとこの場で話をしていたな？　そもそも、ここは普段鍵がかけられている。今日に限って鍵が開いているのは不自然だ」

アンジェの推理に、クレアーレが水を差す。

『残念だけど、ここって女子が男子を連れ込んで逢い引きする場所よ。近くのロッカーに合鍵が隠してあるんだけど？　だから、こんな場所で話をしていたのに――もしかして、知らなかったの？』

男女の逢い引き場所と聞いて、普段のアンジェなら顔を赤らめていたかもしれない。

だが、今は気にしている余裕がなかった。

「私たちに聞かせるつもりだったな？　面倒なことをするのは、主従揃って同じだな。それよりも、詳しく話せ。リオンが抱えている問題は何だ？」

ルクシオンを見据えていると、その赤い瞳が一瞬だけマリエに向かったのをアンジェは見逃さなかった。

――またか、と思った。

（こいつらもマリエを特別視するのか。何が理由だ。どうして――私じゃない）

マリエに対する嫉妬や怒りを抑え込み、ルクシオンに詰めようとする。

近付く前にルクシオンが言う。

『事情を知らせずにフォローするのは無理と判断しました』

諦めたらしいルクシオンに、クレアーレが嫌みを言う。

『あんたが望んだ展開でしょうに。私まで巻き込んでさ。マスターに怒られたら、全部あんたが仕組んだって言いつけるからね』

『お好きにどうぞ。さて、それでは詳しい事情を説明しましょうか。――マスターが命がけで何を成そうとしているのか、あなた方には聞く義務がある』

最後の言葉は少し強い口調だったが、その視線の先にはマリエがいた。

(何だ？　ルクシオンが怒っているのか？　マリエに？)

アンジェは少し気になりながらも、ルクシオンの話に耳を傾けるのだった。

◇

ルクシオンの説明が終わる頃。

マリエは一人無表情で立ち尽くしていた。

(嘘よ。だって、兄貴は大丈夫だって言ったのに――)

ルクシオンの説明では、帝国との戦争がいかに危険なのかが語られた。

リオンが語っていなかった事実に、マリエは言葉が出て来ない。

婚約破棄されたアンジェたちは、現在は血の気が引いた顔をしている。

リオンの真意を知って安堵はしたが、同時に大きすぎる問題を前に悩んでいるようだ。

アンジェは、ルクシオンたちから知らされた情報を整理している。

「新人類だの旧人類だのと、スケールの大きな話だな。太古の戦争が続いているのも驚きだが、それをリオンが引き継ぐ必要がどこにある？」

リビアは思い詰めた顔をしている。

「でも、何もかも捨てて逃げたら――」

このまま待っていれば、旧人類の末裔は滅びてしまう。

その前に、アルカディアが攻めてくる可能性も高い。

ノエルはリオンに怒りたいようだが、同時に心情を理解しているのか複雑な心境のようだった。

「何でも勝手に進めて、一人で背負い込んでさ。あたしらが幸せになればいいって――何でも好き勝手に決めるの、本当に嫌なんだけど」

誤解を解いたルクシオンは、アンジェたちに協力を申し出る。

『マスターは戦いで命を落としても構わないとお考えです。いえ、既に命を落とすことも計算に入れている節があります』

アンジェが目を閉じる。

「あの大馬鹿者が」

『ですから――皆さんに協力して欲しいのです』

リビアがルクシオンの申し出に驚いていた。

「協力？　それはリオンさんの意思なの？」

『いいえ、これは私の願いです。このままマスターが一人で戦っても勝率は高くありません。ですが、

ルクシオンを見る。

協力を得られれば別です』

ノエルが自分の右手の甲——聖樹の紋章を一瞥してから、ルクシオンを見る。

「あたしたちは何をすればいいの？」

『国を味方に付けて欲しいのです』

「国!?」

ノエルが驚くと、アンジェが話を代わる。

「簡単に言ってくれるが、帝国はいいとしても、その——」

『アルカディア』

「そのアルカディアに立ち向かえるとは思えない。お前たちが勝てない相手なのだろう？」

帝国軍と戦うのはいいが、ルクシオン以上の性能を持つアルカディアに自分たちでは無力だとアンジェは自覚していた。

『帝国軍に囲まれては、アルカディアとの決戦に支障が出ます。サポートをして頂きたいのです』

「帝国軍を引きつけるわけか。——だが、王国は戦争続きで疲弊している。あの帝国を相手に、一国でどうにかなるとは思えない」

ホルファート王国だけでは、帝国を引きつけるには弱い。

すると、クレアーレがノエルを見る。

『アルゼル共和国にも協力してもらえばいいのよ』

ノエルはそれを聞いて頭を振る。

「無理よ！　だって、戦争でボロボロになってから、まだ一年も経っていないのよ」

『イデアルが残した飛行戦艦を鹵獲《ろかく》していたわよね？　あれ、下手な飛行戦艦なら数隻分の性能があるわよ』

「そういえば、そんなことを言っていた気がするけど――」

話がまとまる中、マリエは一人取り残されていた。

側にいるカーラが青ざめている。

「マリエ様、何だかとんでもない話になってきていますよ。私たち、どうなってしまうんですか!?」

「そ、そうね」

返事をするだけで精一杯のマリエだったが、アンジェたちは話を終えると外へと出て行く。

ルクシオンやクレアーレも出て行こうとするので、マリエが声をかける。

「待って！　私にも協力させてよ。私にだってできることが――」

『――マリエは何もしないで下さい。それが最適解です』

「え？」

ルクシオンがそう言って部屋を出て行くと、クレアーレがマリエに近付いてくる。

『ごめんね。今のあいつは何だか変なのよ。だけど、マリエちゃんは何もしない方がいいわ』

「何でよ！　私だってあに――リオンのために働けるわよ！」

『マリエちゃんがいると、マスターが無茶をするのよ。今日だって追い詰めちゃったし』

「は？　私が何をしたっていうのよ」

『マリエちゃんが悪いんじゃないのよ。でもね、これ以上マスターに期待されると、危なくなりそうなの。もう、マスターは限界なのよ』

リオンが限界と言われ、マリエの中にある絶対的なヒーローのイメージが音を立て崩れていく。

「限界って何よ。リオンはいつも――」

『いつも無茶をするからね。今回は特に酷いわ。文字通り、命を削っているのよ。その後押しをしたのがマリエちゃんたちだから』

たち、と言われて思い当たる節があった。

リオンはマリエとエリカの親子に気を遣っていたからだ。

「私は何も知らなくて――だって、無理なら無理って言ってくれれば――」

『そうよね。マスターが悪いわね。だから、気に病む必要はないわ』

クレアーレが去ると、マリエはその場に座り込む。

「マリエ様!?　しっかりして下さい！」

カーラに支えられながら、マリエはゆっくりと立ち上がる。

そして。

「――カーラ、私たちも動くわよ」

「え？　でも、何もするなって言われましたよ」

「このまま終われないのよ。私は――まだ何も恩を返せていないの。だから、今は自分にできることをするのよ」

このまま何もせずにいれば、いずれ後悔するだろう。

そんな予感に突き動かされて、マリエは行動を開始する。

（確か、この世界に転生した際に書き込んだゲーム知識にアレがあったはずよ。アレなら、きっと兄貴の役に立てる）

第11話「あなたのために」

ミアを乗せた飛行船が、帝国領土へと近付いていた。

豪華な部屋を用意されたミアは、落ち着かない様子で窓の外を眺める。

部屋の中にはメイドたちが常駐し、ミアの世話を焼いてくる。

(飛行船に乗ってから、騎士様と数回しか顔を合わせてない。この人たちも、外で待機していていい、って言っているのに出て行ってくれないし)

今までとは待遇が変わりすぎて、ミアにとっては息苦しかった。

メイドの一人が近付いてくると、近くのテーブルに飲み物を置く。

飲み口がある蓋をしたコップの飲み物は、新鮮な果物のジュースだった。

飛行船内はいつ揺れるかわからず、こぼれることが前提で作られたコップである。

ミアが受け取って一口飲もうとすると――。

「ミリアリス様！　体を低くして下さい！」

――メイドの一人が叫ぶと、ミアの体に覆い被さり身を屈める。

コップを手放し、床に落としたミアが何事かと思っていると。

「え？」

窓の外に見えたのは、金属で覆われた飛行戦艦だった。

見たこともない形をしているのだが、気になったのは装甲に錆《さび》があること。

そして、長年海の底に沈んでいたような名残《なごり》を感じさせる。

メイドたちが狼狽していた。

「機械共よ！」

「軍人たちは何をしているの!?」

「落ち着いて！　この船には彼が乗っているわ！」

メイドたちは騒ぎながらも、ミアを避難させようとする。

だが、その途中で変化が起きた。

巨大な飛行戦艦が、何かに向かって攻撃を開始している。

光の線が一方向に幾つも放たれていた。

だが、そんな飛行戦艦が赤黒い光に貫かれた。

そのまま爆発を起こすと、船内が激しく揺れる。

メイドたちの悲鳴が聞こえる中、ミアは両手で頭を守りつつ身を低くしていた。

（騎士様助けてください！）

フィンがいないため心細く思っている間に、飛行船の揺れは収まる。

気が付くと、メイドたちが今度は明るい声で騒いでいた。

「まさか迎えに来て下さるなんて」

周囲にいるメイドたちが、何か神々しいものを見るような目で窓の外を見ている。

ミアも立ち上がって窓の外を見ると、そこには――先程の飛行戦艦よりも更に大きな、黒い飛行船が空を飛んでいた。

巨大すぎて一瞬、浮島と勘違いしてしまうほどだ。

「あれは何ですか？」

ミアが尋ねると、メイドの一人が微笑みを浮かべながら答える。

「あれこそ、帝国の切り札である飛行要塞ですわ。その名も――」

メイドが名前を言おうとすると、窓の外から外部マイクにて返事がある。

窓から数メートル離れた場所に、小さな魔法陣が出現していた。

会話を行う伝達系の魔法陣だ。

『私はアルカディア――お待ちしておりましたよ、我らが姫様』

「アルカディアさん？」

ミアが首をかしげると、声の主は優しい口調で語りかけてくる。

『お迎えに上がりました』

◇

飛行船から飛行要塞へと移動してミアは、玉座のある部屋に通された。

付き添っているのは、ブレイブを連れたフィンである。

久しぶりにフィンと出会えて、ミアは嬉しそうにしている。

フィンの左手を握りしめ、周囲を緊張した様子で眺めていた。

「立派なお城の中みたいですね」

飛行船の中にいる気がしないのか、物珍しそうに周囲を見ていた。

ブレイブは不機嫌そうに周囲に視線を巡らせている。

『下手な城より立派だからな』

同じく警戒するフィンが、ブレイブに尋ねる。

「これがアルカディアか？　見た目は完璧に見えるが？」

完全体に戻ったのでは？　そんなフィンの質問に、ブレイブは頭を振る。

『見た目だけだ。中身がスカスカの部分がある。それよりも、アルカディアの登場だぞ』

ブレイブが言うと、部屋の大きなドアが開いてそこから巨大な目玉が入ってくる。

二メートル近くはある巨大な魔法生物は、ブレイブくらいの小さな魔法生物たちを沢山引き連れていた。

まるで兵士のように整列させ、入室すると魔法生物たちがミアたちを囲む。

目の前に来たアルカディアを前に、ミアは怯えて脚が震えていた。

フィンに強く抱きつくと――アルカディアが巨体の割に小さな両手を広げる。

『お待ちしておりました、姫様ぁぁぁ!!』

魔法生物たちが、一斉に頭を下げるように視線を床に向けた。

あまりの出来事に、ミアたちは驚いてしまった。

「え？　あの、その、えっと!?」

「落ち着くんだ、ミア。それよりも、俺たちを呼び出した理由は何だ？」

フィンの後ろに隠れてしまったミアに、アルカディアは「怖がらせてしまいましたかね？」と申し訳なさそうにしている。

『機械共が活発に活動しているので、私自らが姫をお迎えに上がりました。お怪我はありませんか？』

フィンの後ろから顔を出したミアは、アルカディアをチラチラ見ながら言う。

「だ、大丈夫です」

『です!?　姫様、我々に敬語など不要です。我々は姫様の忠実なる僕《しもべ》でございますから』

アルカディアの下手に出てくる態度に、ミアは勿論だがフィンも面食らっていた。

だが、ブレイブだけは知っていたのか、落ち着いた様子でいる。

そのため、ブレイブが状況を説明する。

『ミアが新人類の力に目覚めたんだよ。だから、こいつらは新しいご主人様を見つけたって嬉しくて騒いでいるんだ』

それを聞いて、ミアはブレイブに礼を言う。

「そうだったんだ。教えてくれてありがとう、ブー君」

だが、これを聞いてアルカディアの態度が一変する。

ミアに対しては恭しい態度を崩さないが、フィンとブレイブは別だった。

『任務も果たせないコアと騎士が、いつまで姫様の守護騎士を気取っている？』

一つ目で睨んでくるアルカディアに、フィンの視線は鋭くなった。

「そっちが本性か」

『本性？　違うな。どちらも私だ。姫様は丁重にもてなすが、お前たちは別だ。任務を放棄した可能性があるらしいな。帝国に戻れば、直ちに処罰して――』

フィンを処罰するというアルカディアの言葉を聞いて、ミアが前に飛び出した。

アルカディアとフィンの間に入ると、両手を広げる。

「だ、駄目です！　騎士様はミアの守護騎士ですよ！　か、勝手なことをい、言わないで下さい！」

怯えながらフィンを庇《かば》うと、アルカディアが連れて来た魔法生物たちが騒ぎ出す。

『庇った』

『姫様が庇った』

『どうする？　どうする？』

そんな騒がしい魔法生物たちをアルカディアが一喝する。

『黙りなさい』

しかし、すぐにミアに対しては優しい口調で。

『姫様がそこまで仰《おっしゃ》るなら、これ以上は罪を問いません』

「ほ、本当ですか？」

『はい！　このアルカディアが約束いたしますよ』

「ありがとうございます」

ホッと胸をなで下ろすミアを見て、アルカディアも安堵した表情をした。

ニコニコしていたアルカディアだが、フィンたちを見る目は厳しい。

『姫様のご命令だから今回は見逃してやろう。だが、帝国に戻ったらしばらく働いてもらうからな』

フィンが冷や汗を拭っていた。

「働く？　今度は何をさせるつもりだ？」

アルカディアは面倒そうに命令する。

『機械共の相手をしろ。四六時中襲ってくるから面倒で仕方がない』

それを聞いたミアが、悲しそうな顔をした。

「騎士様を連れて行くんですか？」

すると、アルカディアは弁解しようと必死に両手を動かしながら説明する。

『罰を与えるだけですよ。そうしなければ、他の者たちが納得しませんからね。ですが、姫様のご希望なら罰は短期間で終わらせ、すぐにお側に戻しましょう』

それを聞いてミアが小さく頷くと、アルカディアも一安心という顔をする。

◇

早朝にルクシオンから提案があり、俺は一度王宮へと足を運ぶことになった。

その際に学園の男子寮に立ち寄る必要があるのだが、昨日のこともあり億劫《おっくう》だった。

「もっとタイミングを考えろよ」

男子寮の廊下を歩く俺は、段取りの悪いルクシオンに悪態を吐いている。

ルクシオンはどこ吹く風だ。

『王国から籍を抜く準備を進めろ、と命令をしたのはマスターです。出発前に問題を片付けられるのですから、文句を言わないでください』

「騎士服なんて取りに戻る必要はないだろうに」

『形式の問題ですよ』

「お前が用意しろよ」

『マスターが王宮に立ち寄るついでに回収すれば、一度しか着用しない騎士服を生産せずに済みます』

今日はやけに機嫌が良いな、と人工知能を相手に考えてしまった。

そうして自室に到着し、鍵を開けて中に入ると――。

――俺は一機に不機嫌になった。

「俺を騙したな、ルクシオン」

『騙してはいません。任務に失敗しただけです』

口答えをする相棒から視線を外し、部屋の中にいた三人に視線を向ける。

アンジェ――リビア――ノエル。

緊張した様子の三人の中で、最初に動いたのはやっぱりアンジェだった。

昨日とは違い、堂々と胸を張っている。

「話は全部聞かせてもらったよ。とんでもなく厄介なことに首を突っ込んでいるな？　どうして私たちを頼らなかった？」

怒るでもなく、ただ悲しそうにアンジェが俺に問い掛けてくる。

見ていると心が痛いが、ここで折れては何の意味もない。

「――これは俺の問題だ」

「私たちの問題だ！　お前はいつもどうして――」

悔しそうにするアンジェの目が潤《うる》んで、今にも泣きそうになっているが我慢しているようだ。

黙っていたリビアが、声を張り上げて俺に訴えかけてくる。

「私は！　――私たちは、リオンさんに頼って欲しかった。泣き言でも、弱音でも良かったんです。ただ、打ち明けて欲しかったのに」

ノエルは俺に対して怒りの感情をぶつけてくる。

「あたしらだって無関係じゃないのよ。それなのに、全部自分で片付けます、って顔をしてさ。リオンのそういうところが、一番嫌い」

嫌いと言われた俺は、鼻で笑って背中を向ける。

「もう用件は終わりか？　それじゃあ、俺は用事があるから行くよ」

部屋を出て行こうとすると、アンジェが背中に抱きついてきた。

俺の背中に額を押し当てている。

アンジェが震えているのが、背中に伝わっていた。

「放せよ」

「お願いだから私たちに手伝わせてくれ。このままお前と別れたら、生き残っても嬉しくないんだ。私はお前と一緒に生きていたいんだ。だから――」

すすり泣きながら、アンジェは協力を申し出てくる。

アンジェの泣き声に決断が鈍りそうになる俺は、小さくため息を吐いてから返事をする。

これ以上、決意が鈍らないように背を向けたまま。

「ルクシオンから話を聞いたなら、もう理解しているだろ？　今の三人に手伝ってもらうことはない。足手まといだよ」

リビアとノエルが、息をのむような声が聞こえた。

アンジェは俺の背中を必死に掴んで離さない。

「だったら、私たちが勝手に手伝う。お前のためじゃない。私たちは、私たちの意志でお前を助ける」

「――勝手にすればいいさ」

強引に歩き出して、アンジェから離れた俺は部屋を出た。

ルクシオンがついてくるのだが、最後にアンジェが俺の背中に声をかけてくる。

「一つだけ手がある。リオンは嫌がるかもしれないが、王国をまとめて戦力にすることができる。そうすれば、お前の力になれるんだ」

アンジェが王国をまとめて帝国と戦うと言い出すが、俺には不可能に思えた。

これまで散々、まとまらずにいた国だぞ。

何かあれば内輪もめをしていたような国が、この状況でまとまるとは思えない。

「無駄だよ。絶対にまとまらない」

「まとめてみせるさ！」

「今更味方が増えたところで邪魔になるだけだ」

邪魔と言うと、ルクシオンが余計な助け船をアンジェに出してしまう。

『帝国軍を相手にする戦力が増えれば、勝率は更に上がります』

「――だとしても、この国がまとまるかよ。今まで散々、苦労させられてきたのは俺だぞ」

問題を抱えるこの国が、今の状況でまとまれたら奇跡だ。

しかし、アンジェは信じているらしい。

「できるさ。ただ、この方法はお前の大きな負担になる。それだけが私は心苦しい。だから、どうしてもお前の許可が欲しい。せめて、私の話を聞いてくれ――お願いだ」

すがるような声に、決意が鈍くなっていくのが自分でも理解できた。

俺は迷いを振り払うように、右手を挙げてヒラヒラと振る。

「許可が欲しいならいくらでもくれてやるよ。――アンジェたちの好きにすればいいさ」

俺の意志など、今更関係ないのだから。

◇

去って行くリオンの背中に、アンジェは右手を伸ばしていた。

そのまま涙を拭うと、気持ちを切り替えるために目つきを変える。

自分に対して気合いを入れる。

「リオンの許可が出た。これで、私も覚悟を決められる」

(しっかりしろ、アンジェリカ・ラファ・レッドグレイブ――お前は英雄の隣に立つと決めたのだろう？　だったら、いつまでもメソメソするな。泣いても問題は解決しない。泣けばそれだけ時間を無駄にする。――寂しくて、そしてどれだけ悲しくても、今は行動しろ。すぐに動け！)

内心で自らを叱咤激励しつつ、リビアとノエルに振り返る。

二人の前で強がるために、目を赤くしながらも堂々と振る舞うことを心がけた。

「リビア、ノエル、私はしばらく忙しくなる。リオンのために、やれることは全てやりたいからな」

アンジェの決意を聞いて、ノエルも頷く。

「あたしもやることがあるから、一度リオンの実家に向かうわね」

そして、アンジェがリビアを見る。

「リビアは私と来るか？」

問われたリビアは頭を振る。

顔を上げると、表情は先程と違っていた。

瞳に強い意志の力が宿っている。

「私もやれることをやります」

「そうか。ならば、私はもう行くよ」

アンジェ、リビア、ノエル——それぞれが、リオンのために動き出した。

◇

一方のマリエは、木々が生い茂る浮島にいた。

「あ、あった！」

（よかった。まだ、兄貴たちは来ていないみたいね）

草木をかき分けて探し当てたのは、古びて朽ちかけた大きな屋敷だった。

かつては誰かが住んでいた石造りの屋敷は、主人や管理する者たちを失い朽ちていくだけとなっている。

マリエの後ろをついてくるカーラは、疲労で足を震わせていた。

「待って下さいよ〜、マリエ様〜」

そんなカーラを支えているのは、エルフの少年【カイル】だ。

かつてはマリエの専属使用人だったカイルだが、偶然にも王都に用事で来ていた。

今はバルトファルト家で雇われており、母親の【ユメリア】と一緒に屋敷で働いている。

今回はニックスと一緒に王都に来ていたのだが、そのおかげでマリエと合流できていた。

「ニックス様に飛行船を借りてまで、何を探しているんですか？　どうせお宝だとは思いますけど、もうちょっと時期を考えましょうよ」

相変わらず生意気なカイルだが、以前よりも物腰が柔らかになっている。

刺々《とげとげ》しさは消えて、悪いのは口だけだ。

その口も、口調は以前よりも優しくなっている。

マリエは荷物を置くと、持ってきたライフルを手に取った。

「今回ばかりは必要な物よ。私が回収して――絶対にリオンに届けないといけないの」

カーラを座らせたカイルは、汗を拭いながら現状について話をする。

「そうは言いますけど、授業を欠席する必要がありますか？　それに、最近は帝国との関係が雲行き怪しいって噂ですよ」

マリエは上半身だけ振り返って、驚いた顔でカイルを見る。

「誰が言っていたの？」

「ローズブレイド伯爵が、ニックス様に言っていましたよ。留学生たちが戻ったら、露骨に態度が変わった～って」

それを聞いて、マリエはすぐにでもアレを回収しなければと焦る。

「二人とも、悪いけど休憩が終わったらすぐに探査をするわよ」

(もう時間がない。早く回収して、兄貴にアレを届けないと)

フラフラのカーラは、もう動きたくないだろうにマリエの命令だからとやる気を見せていた。

「ま、任せて下さい。でも、休憩は少しでいいので長めでお願いしますぅ」

地面に寝転んだカーラを放置して、カイルがマリエに問う。

「こんな場所にお屋敷があるって変な感じですね」

マリエは頷きつつ、このお屋敷——ダンジョンについて話をする。

「賢者と呼ばれた錬金術師の隠れ家よ。晩年は俗世を離れて研究に没頭したい、って理由で無人島に屋敷を構えたのよ」

このダンジョンだが、序盤でも攻略可能な場所である。

マリエもあの乙女ゲーで何度か訪れており、そのため記憶に残っていた。

カイルは感心した様子だ。

「ご主人様は随分と詳しいですね」

「とは言っても、研究成果はほとんど残っていないでしょうけどね。でも、アレさえあれば他はどうでも良いのよ」

「アレ？　黄金の塊とかですか？」

マリエがこだわっているので、カイルは財宝の類いを回収しに来たと考えているようだ。

だが、マリエは頭を振って否定する。

「違うわ。凄く強くなれる薬よ」

(私にはこんなことしか手伝えないけど、きっと兄貴の役に立てるわよね？　だって、あの乙女ゲーでも凄い効果があったんだから)

そのアイテムを使用すれば、鍛えていないキャラクターでも強力なボスを倒すことができた。

使用回数が一度きりだったが、マリエは何度も世話になっている。

そんな強力なアイテムを使用しても、あの乙女ゲーはクリアできなかったのだが。

(私が兄貴を追い詰めたなら、その責任を取らないと)

前世の思い出がフラッシュバックする。

マリエは眉根を寄せてから、表情を引き締めた。

(今度こそ、私は兄貴の役に立ちたい。いつまでも、足を引っ張っていられないから)

◇

「どうよ、凄いでしょう！」

『――わ〜、凄〜い。マリエちゃんってば、本当に凄くて感心しちゃうわ』

リコルヌにある研究室を訪れたマリエは、クレアーレに、手に入れた薬を見せていた。

酒瓶のような容器に入った液体を前に、クレアーレは陽気に振る舞うが――どこか呆れを含んだ声を出していた。

「それよりも、兄貴は本当に戻って来るのよね？」

『ええ、思ったよりも早く回収が終わったから、一度戻ってくるそうよ。嫌になるくらいタイミングもバッチリね。――よりにもよってこれをマリエちゃんが手に入れるなんて思わなかったわ』

やるせない気持ちが伝わってくる電子音声を出すクレアーレだが、マリエはリオンに役に立てると興奮しておりあまり気にしていなかった。

「こいつは本当に凄いわよ。雑魚《ざこ》キャラでも強くなれる強化薬だからね」

『そうね。軽く確認したけれど、確かに凄い薬だわ。強力すぎて私も驚いちゃった』

二人が話をしていると、研究室のドアが開いてリオンが入ってくる。

ルクシオンも一緒だが、その視線はテーブルの上に置かれた薬に向けられていた。

リオンはマリエを見てから、視線を薬へと向ける。

「お前が見つけてくれるとは思っていなかったよ」

酒瓶を手に取るリオンは、本当に喜んでいるようだった。

マリエは両手を握って笑顔を見せる。

「私だって役に立つでしょ？」

「大手柄だよ！　それより、どこにあったんだ？」

酒瓶をテーブルに置いたリオンに問われると、マリエは意気揚々と話をする。

「近場にあるダンジョンよ。と言っても、無人の浮島だけどね。兄貴もこれがあれば、アルカディアになんて負けないわよね？」

　自分が持ってきた薬があれば、きっとリオンも生き残れる――マリエはそう信じていた。

　リオンはニッと笑ってマリエの頭に手を置いて、乱暴になで回す。

「お前にしてはよくやったよ。これで勝率が上がったぞ」

　マリエは髪が乱れながらも、久しぶりに元気なリオンを見て少し嬉しくなった。

「ちょっと！　もっと優しくしなさいよね。それよりも兄貴――」

「何だ？　小遣いが欲しいなら、クレアーレに言い値を用意させてやるよ」

「違うってば！」

　お金目的と思われたことに怒るマリエだが、すぐに表情は曇ってしまう。

　以前よりもリオンの手には生傷が増えている。

　服の下はもっと酷いことになっているかもしれない。

　それだけ、危険なことを繰り返しているのだろう。

「もう無茶をしないでよ。兄貴に頼りすぎたこと、私も反省しているの」

　俯きながらマリエが言うと、リオンは普段の調子で軽口を叩く。

「殊勝な態度なんてお前には似合わないぞ。それより、本当に助かったよ。これで悩みが一つ解決したから、クレアーレに小遣いをはずんでもらえ」

　マリエはリオンともっと話をしたかった。

　だが、リオンは忙しいのか、すぐにクレアーレと薬について話をする。

「クレアーレ、この薬を使えるようにしてくれ。――意味は理解できるな？」

意図を読めたクレアーレは、僅かに呆れた電子音声で返事をする。

『マスターの体に合わせて調整して、少ない量で十分な効果を発揮するようにするわ。それでも、使用回数は三回が限度かしらね？　途中で中和剤の投与は必須になるわよ』

「十分だ。俺は次の予定があるからもう行くぞ。マリエは学園に戻って、あいつら五馬鹿と一緒に大人しくしとけよ」

「う、うん」

そう言ってリオンは研究室を去って行く。

だが、ルクシオンだけは、リオンに着いていかず研究室に残った。

リオンがいなくなると、マリエに対して厳しい態度を取る。

『余計なことを――あれほど、何もするなと忠告したのに』

マリエはルクシオンの物言いに腹が立ち、頬を膨らませて顔を背ける。

「言い方が酷くない？　私だって兄貴のために頑張ったのよ」

『我々は当初からこの薬の存在をマスターから知らされ、調査をして発見していました』

「――え？　でも、兄貴は見つけられなかったって」

『マリエはこの薬がどのような代物か、本当に理解していないのですね』

マリエは嫌な予感がしていた。

嫌な汗が噴き出してきて、自分がとんでもないことをしたのではないか？　と怖くなる。

ルクシオンが一つ目をクレアーレに向けると、説明を交替する。

『マリエちゃん、確かにこの薬は強力よ。誰でも超人になれるわね』

「そうよ。だから私は兄貴のために！」

リオンのために必死になって探してきた。

兄の役に立ちたかった。

『――それだけの効果がある薬に、何のデメリットもないと思っているの？　こいつは劇薬よ。このまま使用すれば、使用者は効果が切れる前に死ぬわね』

強力な薬で得た仮初《かりそめ》の強さの代償は、使用者の命だった。

マリエが震えている。

「違う。だって、あの乙女ゲーだったら、普通に生き残っていたし」

『そうかもね。でも、私たちの目の前にあるのは劇薬よ。マスターのために調整はするけど、三度も使用すれば中和剤があっても――死ぬわね』

淡々とリオンが死ぬと告げられ、マリエはいつの間にか涙を流し、そのまま床に崩れるように座り込んだ。

ルクシオンが赤い一つ目を光らせている。

『手に入れれば、マスターは確実に使用します。現在の精神状態を考慮して、手に入れないことが最善だと判断していたのに――』

ルクシオンが怒っていた。

そんなルクシオンに、クレアーレが執《と》り成《な》す。

『でも、これってマスターの望んだ結果よね？　マリエちゃんだって知らなかったんだし、責めても仕方がないわよ』

ルクシオンは責めるのを止め、クレアーレに薬について確認する。

『効果を弱められませんか？』

『それはマスターの命令に反しているわ。悪いけど、私はマスターの命令を優先するわよ』

『――マスターの体は薬の使用に何度耐えられますか？』

『三度目を使えば、確実に死ぬわね。正直、二度目だって危ないわ』

ルクシオンとクレアーレの会話を聞いて、マリエはポロポロと涙を流す。

「私は――私は――兄貴の役に――立ちたかっただけなのに」

自分の善意がリオンを死に追いやろうとしている。

うずくまってむせび泣くマリエは、自分のしでかした過ちに酷く後悔するのだった。

第12話「それぞれの活躍」

リオンが所有する無人の浮島には、アルゼル共和国から持ち込んだ聖樹が植えられていた。

無人であるため、管理は作業用ロボットたちが行っている。

そんな聖樹を――ノエルが持ち帰ろうとしていた。

周囲の土ごと切り取り、ロボットたちに運ばせている。

その様子を見ていたのは、カイルの母親であるユメリアだった。

小柄な割に胸が大きいのだが、温和な雰囲気と優しい口調もあって年下に見られがちなエルフの女性だ。

見た目よりも年齢は上であり、一児の母である。

「本当にこの子を持って行くんですか？　せっかく、ここで落ち着けるようになったのに」

聖樹が運ばれる様子を見ながら、ユメリアは残念そうにしていた。

ノエルが申し訳なさそうにしながら説得する。

「ごめんね。でも、今回ばかりは手伝ってもらうしかないのよ。あたしたちの未来がかかっているんだから」

未来、という言葉にユメリアは首をかしげている。

「またリオン様絡みで揉め事ですか？　大公様になっても相変わらず忙しそうですね」

苦笑するユメリアを見るノエルは、ためらいがちに協力を申し出る。

「そうよ。でも、今回は一番厄介みたいなの。――だから、ユメリアちゃんも協力してくれるかな？」

「へ？」

驚いた顔をするユメリアに、ノエルは必死に頼み込む。

相手はバルトファルト家の使用人――ノエルの方が立場は上だ。

直属の上司ではないが、リオンの両親に頼めばきっと貸してくれるだろう。

だが、それでは駄目だ。

「お願い！　聖樹を制御してくれる人が必要なの。あたしもやるけど、ユメリアちゃんの手伝いが欲しいの」

「ノエル様？」

様子のおかしいノエルに、ユメリアは困惑していた。

だから、ノエルは事情を説明する。

ユメリアにも理解できるように、できるだけ簡単に。

「――実はね」

そのまま説明を終えると、ノエルは俯きながら協力を求める。

危険なことに巻き込んでしまうため、ユメリアに対して罪悪感があった。

「本当だったら、カイル君と一緒に穏やかに暮らしたいよね？　でも、今のあたしたちには、ユメリアちゃんの力が必要なの」

今回の戦争はリオンすら余裕がなく、下手をすれば命を落としてしまう。

そんな状況に、ユメリアを巻き込んでしまうのが情けなかった。

頼るしかない自分の実力に、ノエルは悔しがる。

(あたしがもっと巫女として強ければ、一人でも聖樹を制御できたのに。今のあたしじゃあ、リオンに頼りないと思われても仕方がないわね)

ユメリアが両手を伸ばし、俯いているノエルの手を握った。

「私もカイルも、皆さんに何度も助けられてきました。——恩返しをさせて下さい」

「ユメリアちゃん？　ほ、本当にいいの？」

「はい！　——戦争は怖いですし、何ができるかわかりませんけどね。でも、リオン様たちのおかげで、またカイルと暮らせるようになったんですから」

エヘヘ、と照れながら笑っているユメリアを見て、ノエルは涙を流しながら抱きつく。

「ごめんね。それから、本当にありがとう」

◇

ファンオース公爵家の城には、リビアが訪ねていた。

謁見の間に通されたリビアは、現在は【ヘルトルーデ・セラ・ファンオース】の二人きりで面会していた。

リビアがヘルトルーデと二人で面会できた理由は、その手に持っている魔笛にある。

高座に立ってリビアを見下ろすヘルトルーデの赤い瞳には、憎しみが込められているのがリビアにも伝わってくる。

ヘルトルーデは、腕を組んでいた。

「今のファンオース公爵家に、わざわざラウダの魔笛を持って来るなんて何を考えているのかしら？　そもそも、魔笛を持ち出す許可は取っているの？」

ラウダ――【ヘルトラウダ・セラ・ファンオース】は、ヘルトルーデの妹だった。

王国との戦争で命を落としてしまった王女である。

二人は仲の良い姉妹だった。

リビアは、魔笛を両手に持ってヘルトルーデを見上げる。

「私にこの魔笛の使い方を教えて下さい」

その申し出に、ヘルトルーデは目を大きく見開いた。

「本気なの？　その魔笛を使う意味を理解しているのかしら？　それとも、モンスターたちを操りたいだけ？」

魔笛には不思議な力があった。

吹けばモンスターを操れるだけでなく――術者の命と引き換えに、守護神と呼ばれる巨大なモンスターを召喚できる。

巨大なモンスターは何度倒しても復活し、術者の望みを叶えるために動き続ける。

ただし、目的を達成すると消えて――術者の命も失われる。

目的が達成されずに失敗しても、途中で命が惜しくなり巨大モンスターを消しても命は奪われる。

それが魔笛だ。

リビアは魔笛の事実を知りながら、ヘルトルーデをまっすぐに見つめる。

「あの大きなモンスターを召喚します。――私の命と引き換えにしてでも、成すべきことがあるんです」

覚悟を決めたリビアの目に、ヘルトルーデは肩をすくめる。

「皮肉なものね。ラウダの命を奪ったあなたが、今度はラウダの魔笛で命を落とそうとするなんて」

ヘルトラウダを殺したと言われたリビアだが、直接命は奪っていない。

「あれは――」

「言い過ぎたわ」

ヘルトルーデはすぐに発言を撤回すると、高座から降りてリビアに近付く。

そして、リビアの持つ魔笛に手を伸ばした。

リビアは一瞬ためらうが、そのままヘルトルーデに魔笛を渡す。

ヘルトルーデは、魔笛を眺めながら妹を思い出しているように見えた。

「この魔笛を使いたいなんて、随分と追い詰められているのね。大公様も何やら怪しい動きをしているらしいし、何が起きているのかしら？」

その口振りから、リビアはヘルトルーデが情報を掴んでいると気付く。

少し悩んだが、リビアは現状を伝えることにした。

「――大きな戦いが起きます。リオンさんでも厳しい戦いになるので、私は力になりたいんです」

「それで魔笛に目を付けたのね」

クスクス笑うヘルトルーデは、魔笛を優しく抱きしめていた。

そして、リビアをあざ笑うような態度を見せる。

「簡単に魔笛を渡して、情報まで出すなんて本当にお人好しね。あの時から何も成長していないじゃない。――私が魔笛を奪って、あなたを牢にぶち込む可能性を考えなかったのね。私が恨みを忘れていると思ったの？」

そう言われたリビアは、狼狽えずにヘルトルーデを見据えて答える。

「あなたは軽率な人じゃありません。私に手を出してまで、リオンさんと敵対はしませんよ」

ヘルトルーデは、眉尻をピクリと上げた。

お人好しのままだと思っていたリビアが、強かになっていることに少し驚き――そのまま嬉しそうに微笑む。

「――正解よ。私は二度と、あの大公様とは争わないと決めているの。不用意に手を出して、大火傷をしたからね」

リビアたちが学園の一年生の頃、ヘルトルーデは王国に戦いを挑んだ。

だが、その戦いはリオンの存在によって敗北している。

リオンと戦うのは懲《こ》り懲《ご》りだ、そんな態度を見せているのだが――。

(リオンさんに好意を抱いている気がする)

――リビアには、ヘルトルーデがリオンに好感を抱いているように見えた。

リビアの視線が僅かに険しくなったが、ヘルトルーデはお構いなしに話を続ける。

「魔笛の扱いだったわね。残念だけど教えられないわ」

「そうですか」

リビアが魔笛に手を伸ばす。

持って帰ろう――そんな意識だったのだが、ヘルトルーデはリビアの前で魔笛をへし折った。

「へっ!?」

両手で持ち、膝を持ち上げて魔笛を破壊してしまった。

驚いているリビアに、破壊した魔笛を投げ渡すヘルトルーデは随分と清々しい顔をしている。

サラサラした黒髪をかきあげながら。

「スッキリしたわ。こんな笛のために、人生を狂わされたかと思うと本当に嫌になる」

「な、何をしているんですか!?　これ、妹さんの形見ですよね!?」

「確かに大事な物だけど、これは旧公国の国宝であって形見じゃないわ。それに、こんな物を残していると、あなたが使ってしまいそうだからね」

リビアは何も言えずに黙り込んでしまう。

ヘルトルーデが使い方を教えてくれずとも、いざとなれば独学で使うつもりだった。

最悪の場合、誤魔化してクレアーレに解析させ使い方を調べてもらう予定でいた。

ヘルトルーデが小さなため息を吐く。

「止めておきなさい。あの大公様が泣くわよ」

自分を気遣うヘルトルーデを見て、リビアは驚いてしまう。

「私のことを恨んでいたんじゃ？」

「えぇ、嫌いよ。大嫌い。でもね――」

ヘルトルーデは、妹を思い出したのか涙を一筋だけ流した。

「――私はあの子に誇れる生き方をするって決めているの。それに、私はこれでも公爵代理よ。ファンオース家のために動くと決めているわ。だから、あなたを生かした。恩に感じていいわよ」

私心を捨てて、ファンオース公爵家の利益を追求する。

ヘルトルーデはリビアに言う。

「犠牲になる方も辛いでしょうけど、残された方も辛いのよ。それだけは忘れないで」

リビアは壊れた魔笛を拾い上げた。

「それでも、私はリオンさんの役に立ちたかった。ずっと思っていました。自分がリオンさんに相応しくないんじゃないか、って。守ってもらってばかりで、役に立てない自分が情けなかったから」

涙ぐむリビアを見て、ヘルトルーデが背中を向ける。

サラサラした黒髪がふわりと広がり、落ち着く頃に。

「――帝国との間で関係が悪くなっているそうね」

「そこまで知っていたんですか？」

「噂よ。でも、帝国が相手となれば、あの大公様も手を焼くわけね。納得したわ。――だから、ファンオース公爵家は大公様に助力するわ」

「手伝ってくれるんですか？」

ヘルトルーデが振り返り、リビアに向かって指をさす。

「これは大公様と、あなたへの貸しにしておくわ。高くつくから覚悟するのね」

リビアは、ヘルトルーデの手を両手で掴んで礼を言う。

「はい！　私にできることなら、何でも言ってください！」

「へ～、何でも、ね」

ヘルトルーデはそれだけ言うと、妖しく微笑むが――この場では何も要求してこなかった。

◇

王都にあるレッドグレイブ家の屋敷。

応接室にやって来たアンジェは、屋敷で働くメイドのコーデリアの用意した紅茶を飲んでいた。

「コーデリアのお茶も久しぶりだな」

ソファーに座って堂々としているアンジェに、コーデリアは気が気でない様子だった。

今もアンジェを心配して忠告する。

「どうして屋敷に来られたのですか？　しかも、ご当主様と兄君のギルバート様を呼びつけてまで」

「話があったからな」

用事があるから父親のヴィンスと、兄のギルバートを王都に呼び出した。

本来であれば、王都の屋敷にはどちらか一人しかいない。

一人は領地の管理をするべく実家に戻っているためだ。

そんな二人をアンジェは呼び出した。

既に実家から絶縁されているのに、だ。

少し前までアンジェの身の回りの世話をしてきたコーデリアは、きっと両名が激怒すると不安がっている。

「お嬢様は絶縁された身ですよ」

「だからリオンの名前を使っただろ？」

アンジェの頼みなら父も兄も面会をしなかっただろうが、リオンの名前を出せば別だ。

既に爵位はリオンの方が上であり、軍事力的な意味でも勝っている。

二人からすれば、下手に敵対できないので面会するしかない。

そんな状況を作り出したアンジェに、二人が好感を抱くはずもない。

「大公様の名前を使って呼び出しをかけた時、この屋敷に滞在していたのはギルバート様でした。それはもう、大変にお怒りでしたよ」

「それでも会って話をする必要があった」

二人が話をしていると、ドアがやや乱暴に開けられた。

足早に応接室に入ってくるのは、ギルバートとヴィンスだ。

ギルバートはアンジェを睨み付けている。

「将来の大公婦人は、絶縁の意味を知らないらしい。よくも私たちの前に顔を出せたものだよ」

アンジェは立ち上がると、恭しくお辞儀をする。

「お久しぶりです、兄上。そして、父上も」

ヴィンスがアンジェを見て忌々しそうに呟く。

「最早、お前とは親子の縁を切った。父と呼ばれる筋合いはない。それで、用件は何かな？　これでも忙しい身でね。つまらない話でないことを願っているよ」

わざわざ飛行船で王都まで呼び出されたヴィンスは、言葉に嫌みと皮肉を交えてくる。

そんな二人を前に、アンジェは――上位者として堂々と振る舞いはじめる。

「絶縁を解いてもらおうか」

偉ぶるアンジェに、ギルバートが頬を引きつらせていた。

「散々支援をしてきた私と父上に、随分と上から物を言うじゃないか。お前は礼儀すら忘れてしまったらしいな」

言外に「裏切っておいて偉そうに」と言っている。

アンジェも耳が痛いと思いつつ、目的を果たすために譲らない。

態度を変えるつもりはなかった。

ギルバートを無視して、アンジェはヴィンスに体を向ける。

「座って話をしましょう」

ヴィンスは態度を変えないアンジェを見て、何かを感じ取ったのかソファーへと座る。

アンジェも座るが、ギルバートは立ったままだ。

ヴィンスの近くに立って、アンジェの動きを注視していた。

兄の態度に寂しさを感じていると、ヴィンスが口を開く。

「それで、何用で当家においでになったのかな？」

アンジェは一度目を閉じ――数秒後に目を開けてよく通る声で宣言する。

そう、これは宣言だ。

「あなたの孫を王にする」

それだけ言うと、ヴィンスは呆気にとられていた。

ギルバートは一瞬驚くも、すぐに立ち直ってアンジェを責め立てる。

「今更何を言っている！　もう既に機は逸しているのがわからないのか？　何もかもお前たちが――」

今更王位を狙えないと言うギルバートに対して、ヴィンスの反応は違った。

「今は私が話をしている。お前は口を閉じていろ」

「父上？　――承知しました」

ヴィンスがギルバートを黙らせると、口の前で手を組んでアンジェを見る。

「既に帝国は王国に対して宣戦布告している。すぐに噂も広まるだろうが、今回の件と関係しているのかな？」

問われたアンジェは頷いた。

「大いに」

ヴィンスは口角を上げて笑っている。

「だろうな。大公殿の首を差し出せば、見逃してやると言ってきたそうだ。随分と尊大な態度が滲み出た文章だったと聞いている」

帝国からの宣戦布告を知り、アンジェは動揺するが顔には出さない。

「レッドグレイブ公爵のお力が必要です」

(もう時間がない。このまま手を打たなければ、リオンを殺せと言い出す馬鹿共が出てくる。そうなったら――リオンが私たちに見切りを付けてしまう)

リオンが逆上して襲いかかってくることはないだろうが、頼りにならないと見限るだろう。

そうなれば、リオンは単身で戦いに向かうはずだ。

アンジェはそれを阻止したかった。

ギルバートは「今更何を」と言いたげな顔をしているが、口出しはしてこなかった。

ヴィンスはアンジェの顔を見据えて、それから返事をする。

「なるほど、それほどまでに帝国は脅威か」

ニヤニヤしているヴィンスの顔は、明らかに主導権を握ったという類いのものだった。

娘を前に、今は一人の貴族として応対している。

アンジェが態度を崩さないのを見て、ヴィンスは大きく口を開けて笑い出す。

「公爵？」

アンジェが困惑していると、ヴィンスが言う。

「父上と呼べ。新しい陛下にはよろしく伝えておくように」

もっと説得が必要だと思っていただけに、アンジェは受け入れてくれたヴィンスの態度に驚いてしまった。

だが、すぐに次の行動に移らなくてはならない。

「ありがとうございます。それでは、私はこれで失礼いたします」

◇

アンジェが部屋を出ると、ギルバートがヴィンスに問う。

「よろしかったのですか、父上？」

「後ろ盾の件か？」

「帝国との争いの件です。大公の首を差し出せば回避できますよ」

ギルバートがそう言うと、ヴィンスは深いため息を吐く。

その態度にギルバートは狼狽えていた。

「何か間違っていますか？」

「大公を失った我らを帝国が本当に許してくれるとでも？　本気で戦争の準備をしていると情報が入った。このまま内輪もめを続けていては、王国は焼け野原になる」

ギルバートはアンジェへの怒りから、視野が狭くなっていたことを恥じる。

「申し訳ありません」

「構わん。それにしても、アンジェは本当にいい顔をするようになったな。昔は少し睨むだけで、緊張していたのが嘘のようだ」

アンジェのことを褒めるヴィンスを見て、ギルバートは弱気になっていたこともあり今度は褒めてしまう。

「私たちを相手に、少しも怯みませんでしたからね。アンジェが男であれば、私は当主の座を喜んで譲っていましたよ」

気弱な発言をするギルバートに、ヴィンスは少し驚いた顔をする。

その様子に、ギルバートは戸惑ってしまう。

「父上？」

「――はぁ、お前は気付いていなかったのか」

ため息を吐いて呆れるヴィンスは、何もわかっていないと頭を振っていた。

「え？」

「アンジェが男であれば、よくてお前と同等かやや劣る程度だったはずだ。女であるから、あそこまで覚悟を決めて強くなれた」

ギルバートは納得していない顔をする。

「いや、ですが」

「お前ももう少し人生経験を積めば理解できる。女は恐ろしいという言葉は真実だぞ。今日は勉強になったな」

妹の変わり様を見て、ギルバートも思うところがあったのか悔しそうな顔をする。

「――今後も精進します」

ヴィンスは頷くと、ギルバートに本音をこぼす。

「それにしても、私の孫が王になるのか――本当なら、お前を玉座に座らせてやりたかったよ」

自分の代で王国を手に入れ、その後は息子に全て託したかった。

本音を聞けたギルバートは、少し嬉しそうにする。

「お気持ちだけで十分ですよ」

「はぁ、お前にもう少し欲があれば完璧だったのだがな」

第13話「攻略対象の資質」

リオンやアンジェたち、そしてマリエが姿を見せなくなった学園では、五馬鹿がテーブルを囲んで真剣な表情をしていた。

時間はお昼休憩。

学生食堂でお昼を済ませた五人は、そのまま顔を付き合わせて相談をしている。

ユリウスが悩ましい顔をしながら呟く。

「マリエが学園を飛び出して、もう数日が過ぎている」

ジルクは胸に手を当て、天井を見上げていた。

「マリエさんと会えない日々は、こんなにも色あせてしまうんですね。数日とはいえ、随分と長く感じてしまいます」

グレッグの筋肉がパンプアップされ、マリエに会えない寂しさを表現していた。

「くっ！　鍛え直した俺の背中をマリエに見て欲しかったのに！」

静かに腕を組んで皆の話を聞いていたクリスだが、学生服の上着を脱いで法被を愛用していた。

「ダンジョンに向かったそうだが、どうして私たちに声をかけてくれないのか」

ブラッドは、ペットである鳩と兎のローズとマリーに餌を食べさせている。

ふぅ、と演技のようなため息を吐きながら。

「せめて声をかけて欲しかったよね。最近は物騒になってきているし、安全のためにも僕がマリエを守りたかったよ」

マリエに会えず寂しそうにする五人組だが、同時にリオンたちのことも気にかけていた。

ユリウスが腹を立てている。

本当は怒鳴りたい気分だが、相手が不在では怒りをぶつけられない。

同時に、自分が怒れる立場にないことも理解していた。

そのため、複雑な表情をする。

「問題と言えば、リオンも同じだな。アンジェリカたちを婚約破棄したかと思えば、またどこかに向かったそうじゃないか」

ジルクが肩をすくめ、リオンの行いを非難する。

「理由もなく婚約破棄をして女性を泣かせるなんて、リオン君は酷い人ですね」

ジルクの言葉は正しかったが、この場にいる四人は受け入れられなかった。

グレッグとクリスが、コソコソと話をしている。

「こいつ、よくリオンのことを責められるよな」

「ここまで面の皮が厚いと、いっそ羨ましいくらいだ。――見習おうとは一切思わないが」

二人の会話をジルクは素知らぬ顔で聞き流していた。

ブラッドが呆れながら、アンジェたちについても話をする。

「でも、実際どうなるのかな？　本人たちは学園に来ていないし、事情を知っていそうなマリエもいない。捜しに出ようにも、僕たちには飛行船一隻すら用意できないから動くに動けないし」

リオンがいなければ、飛行船一隻も用意できない。

無理をすれば用意できるだろうが、そもそもマリエがどこにいるか不明だった。

ユリウスが話をまとめる。

「――マリエが飛行船を借りたのは、リオンの実兄という話は掴んでいる。今も王都に滞在しているそうだから、放課後にでも話を聞きに行くか」

それが良いと頷く四人だったが、食堂に一人の生徒が駆け込んでくる。

血相を変え、息を切らした生徒の表情にユリウスたちは危機を感じ取った。

全員が入り口に視線を向けると、駆け込んできた生徒が声を張り上げる。

「て、帝国が宣戦布告してきたぞ！」

学食に持ち込まれた情報に、生徒たちは騒ぎはじめる。

ユリウスが悩ましい表情をする。

「――噂は事実だったわけだ。リオンがしばらく顔を見せないのは、帝国絡みか？」

ジルクが頭を振る。

「可能性は高いでしょうが、今は確かめようがありません。それよりも、すぐにマリエさんの救出に向かいましょう。午後の授業は欠席して、このままローズブレイド家の屋敷に向かうべきです」

五人が席を立って廊下に出ると、そのタイミングでマリエが戻っていた。

泣きはらした目に、ボサボサの髪。

カーラを連れておらず、おぼつかない足取りをしているマリエを見て五人は飛び出していた。

「何があった、マリエ！」

マリエが顔を上げると、ユリウスの顔を見て言う。

「――お願いします。どうか、兄貴を助けて下さい」

「え？　マリエのお兄さん？」

涙を流すマリエの願いに、五人は困惑しながら顔を見合わせるのだった。

◇

授業を抜け出したマリエたちは、話をするため茶会室に来ていた。

誰にも話を聞かれたくなかったため、人気が少ない場所を選んだ結果だ。

席に着くユリウスたちを前に、マリエは立ったまま俯き――スカートの裾を両手で握りしめる。

「私は今まで、みんなを騙してきたの」

五人はマリエの言葉に耳を傾け、口を挟まないつもりらしい。

だから、マリエは全てを話した。

――自分が転生者であること。

――前世で何をしてきたか。

——そして、自分が幸せになるために五人に近付いたことを。

——最後に、前世の兄を自分が追い詰めてしまったこと。

全てを語り終えたマリエは、五人の前で土下座をする。

「本当にごめんなさい。それでも、お願いします。どうか、兄貴を——お兄ちゃんを助けて下さい」

真実を告げたのはマリエなりの誠意だった。

命がけでリオンを助けてもらうのだから、自分も真摯に向き合おう。

——失敗したとしても、それは問題ではなかった。

ただただ、少しでもリオンの助けになりたかった。

土下座をしながら涙を流すマリエは、五人から罵声を浴びせられるのを待つ。

きっと罵ってくるだろう。

だって仕方がない。自分が騙していたのだから。

可憐な乙女だと思ったら、実は中身は前世持ち。

オマケに下心があって近付いたのは、五人にとって一番嫌いな行為だろう。

何を言われても受け入れるつもりでいた。

自分を見捨て、リオンを助けないと言われても仕方がない。

——このまま騙して戦わせるよりも、よっぽどいいと思っての行動だった。

だが、いくら待っても五人から罵声は聞こえない。

呆れた様子も、落胆する様子もない。

自分を蔑んでいるのでは？　そう思うと、怖くて顔が上げられなかった。

最初に口を開いたのはユリウスだった。

「以前からおかしいと思っていた。――だが、まさかリオンが前世の兄というのは予想もしていなかったよ」

穏やかで優しいユリウスの声に、マリエは驚いて顔を上げる。

「どうして――どうしてみんな――笑っているのよ」

五人はどこか困ったように微笑み、マリエを見ていた。

グレッグがマリエに近付いてくると、土下座を止めさせ立たせる。

「突飛な話で驚いているけどよ。それでも、マリエはマリエだろう？　俺たちの愛したマリエに違いはないからな」

「グレッグ？」

クリスは少し照れくさいのか、眼鏡の位置を正す素振りをしていた。

「本心を言えば、転生と言われても実感がわかない。ただ、マリエが言うなら真実なのだと思う。私は信じるよ。信じた上で手を貸そう」

「どうしてよ。私は騙していたのよ」

受け入れてくれるのは嬉しいが、マリエは自分の中で納得できなかった。

罵られて当然と思っていたし、暴力だって振るわれるのを覚悟していた。

それだけのことをしてきたと自覚していたから。

それなのに、マリエの話を聞いてもクリスは頼みを引き受けると言う。

ブラッドは普段通りキザったらしい態度をしているが、今日に限ってはマリエにも本当にキラキラ輝いているように見える。

「確かに出会いは嘘だったのかもしれない。けど、そこからずっと一緒にいた僕だから断言できるよ。君の振る舞いに嘘はなかった。下心はあったかもしれないけど、それくらい許す度量はあるさ」

マリエは嬉しくて涙が溢れてくる。

こんな自分を受け入れてくれて、本当に嬉しかった。

涙を流すマリエに、ジルクがハンカチを差し出してきた。

「一つ訂正をするならば、マリエさんの頼みだからリオン君を助けるわけではありませんよ。言われずとも、私たちは手を貸していました」

「どうして命をかけられるのよ？　本当に危ないのに」

助けてくれるのは嬉しいが、五人が自分たちのために命をかけてくれるのが信じられなかった。

マリエの疑問に答えてくれるのはユリウスだ。

「リオンはどう思っているのか知らないが、俺たちはあいつを友達だと思っている」

「兄貴のことを？」

マリエが五人に視線を巡らせれば、グレッグが鼻の下を指でこすっていた。

「今でもやり返したい気持ちはあるが、別に俺は嫌っていないぜ」

クリスは肩をすくめていた。

「恨みもあるが、同じくらい恩もあるからな」

ブラッドは髪の毛を弄りつつ、少し不満そうにしている。

「何度も痛い目に遭わされてきたけどね。まぁ、憎みきれないって感じかな？」

ジルクは笑顔で胸に手を当てていた。

「やられた分はいずれやり返さないといけません。そのためにも、リオン君にここで倒れられては困りますからね」

今のマリエには、五人がとても素晴らしい男たちに見えていた。

「みんな――」

(私は大事なものをずっと見落としていたのかもしれない)

マリエは涙を拭うと、泣きはらした目で笑顔を作る。

「――ありがとう。また惚れ直しちゃいそう」

マリエは心から、この五人と一緒にいて良かったと実感する。

ユリウスが頬を少し赤く染めつつはにかむ。

そして表情を改める。

「詳しい状況を確認させてくれ。それから、リオンの居場所を教えて欲しい」

第14話「リオンの後悔」

訪れた浮島は、朝から大雨が降っていた。

空を見れば重苦しい灰色の雲が広がっている。

洞窟の中からその様子を眺めていた俺は、相棒であるルクシオンに視線を向けて尋ねる。

「この雨は止みそうか？」

赤い一つ目を何度か点滅させたルクシオンは、訪れた浮島の天気を確認して予測を知らせてくれる。

『一時間もしない内に晴れます。アインホルンを迎えに来させますか？』

「――いや、少し休む」

休憩を決めた俺は、洞窟の少し奥へと戻った。

中にはたき火を用意しており、その周囲には荷物が散乱している。

ダンジョンで発見したお宝たちだ。

手頃な岩に腰を下ろした俺は、ライフルを側に置いてたき火に手をかざした。

「思ったよりも体が冷えるな」

そう言うと、ルクシオンが薪を火にくべはじめた。

手足のないルクシオンだが、まるでサイコキネシスのように薪が次々に火の中に飛んでいく。

『体力の消耗と連日の疲労で、免疫力が低下しています。判断力も低下していますし、しばらく休んだ方が効率的ですよ』

「だから休憩を取っているだろ」

そう言いながら、ダンジョンから手に入れた戦利品の数々をチェックして手を伸ばす。

手にしたのは刃に模様が浮かんでいる短剣だった。

「こいつは使えるか？」

ルクシオンに見せると、赤い一つ目から光を発して解析を開始する。

『またしてもデータにない金属が使用されています』

「ファンタジー金属の短剣か。使えそうなら改修させておくか」

長年放置されていた短剣だが、刃には錆一つない。

鞘や柄の方がボロボロになっているため、使うなら新しく用意させるべきだろう。

磨かれた鑑のような刃を覗き込んでいると、以前よりもやつれた自分の顔が見える。

「酷い顔をしているな」

自虐しながら笑っているのに、ルクシオンの反応は冷たい。

『過度なトレーニングと薬の過剰摂取が原因です。時間がないのは承知していますが、このままでは倒れてしまいますよ。それに、ダンジョン攻略も日に幾つもこなしています。明らかにハードワークです』

「仕事じゃない。これは趣味だ」

『言い方を変えても無駄です。マスターの体は限界です。悲鳴を上げていますよ』

「これまでサボっていたツケだな」

小さくため息を吐いて短剣を地面に置いた。

――ツケ、か。自分で言いながら納得してしまった。

今まで様々なことを見ないようにしてきた。

放置してきたツケが、今になってやって来ただけに過ぎない。

もっと早くに真面目に鍛えていれば。

もっと早く、アルカディアなどの新人類の兵器を見つけていれば。

もっと早くに本気を出していれば。

後悔しても切りがないが、どうしても考えてしまう。

たき火を見つめながら無言の時間を過ごしていると、ルクシオンが質問をしてくる。

『マスターに質問があります。アンジェリカたちの件です』

「またかよ。幾ら聞かれても答えは同じだぞ」

相変わらずしつこい奴だと思っていると、今回はちょっと違っていた。

『私が気になるのは、マスターがアンジェリカたちに遠慮しているからです。以前から疑問に思っていました。マスターはどうして、アンジェリカたちと親しくなった際、関係に距離を置こうとしたのですか？』

仲良くなる前は無遠慮だったのに、親しくなると距離を置きたがる理由？

そんなの最初から決まっているじゃないか。

「――俺が転生者だからに決まっているだろうが」

『答えになっていません』

「これが答えだ。そもそも、俺は彼女たちと釣り合うような人間じゃない」

俺はお世辞にも優秀とは言えない人間であると自覚している。

性格は自分でも〝ちょっとだけ〟ひねくれていると思っているし、仕返しをするといつも周りに「やり過ぎだ」と言われる。

何が言いたいのか？　俺みたいな平穏無事な人生を夢見ている男が、刺激的な人生を送る彼女たちには釣り合わない。――お似合いではない、って意味だ。

何よりも。

「それに俺は卑怯者だ。お前の力で、何もかもねじ曲げてきた」

『違います。マスターが掴み取った結果です』

「お前の力で掴んだ結果だろ？　――俺はこの世界に必要のない人間だ」

リビアと恋人になるはずだったのは、今は見る影もない貴公子だった五馬鹿だ。

それなのに、ルクシオンの力で俺がリビアと結ばれた。

『すくなくとも、彼女たちはマスターが卑怯者だと知りながら関係を結びました。彼女たちにとっては必要な存在です』

「あぁ、優しくて涙が出るよ。――だから離れた方が良い」

俺のような奴に優しいあの子たちだから、余計に胸が苦しくなる。

あの乙女ゲーの攻略知識を持つ俺は、何も知らない彼女たちを騙しているのと同じだ。

隠し事を抱えている俺に、それでもいいと受け入れてくれる。

そんな良い子たちが、俺と釣り合う？　そんなわけがない。

「俺はずっと後ろめたかった」

『マスターは誰も騙していません』

ルクシオンの慰めを聞いても、俺には受け入れられなかった。

何故なら、自分という人間を一番理解しているのは俺だから。

「今も騙している。俺は自分がどれだけ矮小な人間なのか知っている。お前を手に入れて過大評価されているだけだ。――あの三人が見ているのは、お前の力を借りて何でも解決できるヒーローみたいな偽者の俺だ」

ルクシオンのいない俺なら、きっとあの三人との接点はなかっただろう。

そもそも、学園に通えていなかったはずだ。

入学前に強引に結婚させられ、今頃はどうなっていただろうか？

生きているかも疑わしい。

それが、ルクシオンを手に入れただけで、随分と楽しい学園生活を送れた。

『私はマスターの所有物《かた》です。私の力を借りることは恥ずかしくありません』

「さも自分の力だと騙って暴れていたけどな。とにかく、今になって逃げ出すなんて考えた俺に、あの三人は——眩しすぎる」

ルクシオンの力で威張り散らしていた俺が、あの三人に相応しいはずがない。

嘘で塗り固めたような俺と、この世界で真剣に生きている三人は違う。

脳天気に浮かれていられれば、どれだけ救われただろうか？　三人と付き合えて幸せを感じる一方で——心の中で、卑怯な手段であの三人を手に入れたという罪悪感があった。

親しくなればなるほど、転生前にあの乙女ゲーを馬鹿にしながらプレイしていた自分を思い出す。

リビアのことは脳天気な主人公と馬鹿にしていた。

アンジェのことは瞬間湯沸かし器、と言った。

馬鹿にしていた俺が、何もなかったように付き合っている。

馬鹿にしていたはずなのに——一番愚かだったのは自分だと気付かされた。

「俺はあの三人に幸せに生きて欲しいだけだ。もっと大勢にも生きて欲しい。だから、アルカディアと戦うのは、お前を手に入れた俺の義務だ」

俺の義務という発言を聞いて、ルクシオンは赤いレンズ内のリングをせわしなく動かしていた。

焦りだろうか？　いや、動揺か？　とにかく、普段と様子が違っているように見える。

『——私を手に入れたことを後悔しているのですか？』

「後悔ならいつもしている」

『答えて下さい。私はマスターにとって、不要な存在でしたか？』

距離を詰めてくるルクシオンに、俺は誤魔化さず答えることにした。

それが、共に戦う相棒として、最低限の礼儀だと思ったから。

「俺はお前に感謝しているよ」

『本当ですか？』

「当たり前だ。お前を手に入れたおかげで、ゾラが持ってきた結婚話を拒否できた。学園に通えて、アンジェたちとも親しくなれた。あの五人をぶっ飛ばした時はスカッとした。それに、戦争でもお前がいてくれたから勝てた。全部お前のおかげだ。俺一人なら、何も出来ずに死んでいたからな」

ファンオース公国、アルゼル共和国、そしてラーシェル神聖王国。

ルクシオンがいたおかげで、全ての戦いに勝利できた。

一人だったら、何も成し遂げられなかったはずだ。

だが、ルクシオンを手に入れたから、本来辿る物語から大きく逸れてしまったのではないか？　そんな後悔もある。

『その割に、表情は優れませんね』

俺の表情を読み取り、感謝しているだけではないと見抜いたのだろう。

最近は騙すのも大変になってきたな。

「——もしも人生をやり直せるなら、お前を手に入れたか怪しいからな」

助かったのは事実だが、同時に面倒事も背負い込んでしまった。

人生をやり直せるとしたら、俺はルクシオンを手に入れるために危険を冒すとは思えなかった。

『人生のやり直し？』

「転生があるなら、ループだってあるかもしれないだろ？　また同じような人生を歩むとは保証できない」

そう言うと、ルクシオンは数十秒ほど黙り込んでから。

『マスターにとって私は――』

「見つけたぞ、リオン！」

ルクシオンが言い終わる前に、洞窟内に男の声が響き渡った。

武器を手に取って立ち上がると、洞窟内に侵入してくる人影が見える。

ライフルを構えた俺は、侵入者たちを見て銃口を下げた。

「どうしてここに来た？」

視線をルクシオンに向けると、赤いレンズを逸らされた。

先程のしつこい会話は、きっと時間稼ぎをしていたのだろう。

ユリウスが俺に近付いてくる。

「捜したぞ。マリエも心配している。さぁ、帰るんだ」

俺の腕を掴んで引っ張るので、強引に振りほどいた。

「邪魔をするな。俺は忙しいからしばらく戻るつもりはない」

ユリウスの他にも、ジルク、グレッグ、クリス、ブラッド――五馬鹿がそろい踏みだ。

更に後方を見れば、友人のダニエルとレイモンドの姿もある。

離れた場所で俺たちの様子を見ている。

ユリウスは俺に真剣な表情で、現状を伝えてくる。

「帝国が宣戦布告をしてきた。和平を望むなら、お前の首を差し出せと言っている」

「そうか。なら戻れないな。どうせ、王国は俺を処刑すると騒いでいるんだろ？　あんな薄情な国になんて、誰が戻るかよ」

わざわざ面倒事が起きている場所に戻るつもりはない。

ユリウスたちに帰れとジェスチャーをするが、五人が俺を睨んでくる。

「事情は聞いている。どうして俺たちを頼らなかった？」

ユリウスの言葉に、俺は一瞬驚くが——すぐに噴き出した。

「何で俺がお前らに頼るんだよ？　散々俺に迷惑をかけておいて、自分たちが頼られると思っていたのか？」

あざ笑ってやると、グレッグが俺の側に来て胸倉を掴み上げてくる。

筋力馬鹿のグレッグは、間近で見ると随分と迫力があるな。

「今までだって、お前は俺たちを頼ってきただろうが」

「雑用を手伝わせていただけだ」

グレッグを押し飛ばすと、今度はクリスが俺の腕を掴んでくる。

「いい加減にしろ。マリエがお前を心配していたんだぞ」

「金蔓《かねづる》がいなくなるからだろ？」

「マリエがそんな女だと思うのか？」

「そうだな。お前たちの生活費のために、散々俺に頭を下げてきたんだからな！」

今度はクリスを突き飛ばせば、ブラッドとジルクが二人がかりで俺を取り押さえてくる。

「機嫌が悪いみたいだね。休息は取っているのかい？」

「お風呂にも入った方がいいですよ。今のままだと、レディーの前に出られませんね」

心配してくる二人に――腹が立った。

だから強引に振りほどき、俺は五人に言い放つ。

「さっさと帰れ！　お前ら雑魚の手伝いなんて、迷惑なんだよ！」

たき火を消す俺は、荷物を回収してアインホルンに戻ろうとする。

すると、何かが俺に投げつけられた。

動きを止め、ゆっくりと振り返ると――ユリウスが左手の手袋を外して投げつけていた。

地面に落ちた手袋を指さしている。

「拾え、リオン。俺たちはお前に決闘を申し込む」

第15話「一対五の決闘」

アンジェが王宮にやって来ると、一人の女性から声がかかる。

名前を【クラリス・フィア・アトリー】。

アトリー伯爵家の令嬢で、アンジェとも親しい関係にある学園の卒業生だ。

足早に廊下を歩くアンジェの横に来ると、親しげに会話をしてくる。

「久しぶりね、アンジェリカ。随分と味方を増やしたみたいね。王宮に来たのは、王位の簒奪が目的かしら？」

危ない発言をするクラリスに対して、アンジェは冷静だった。

視線だけクラリスに向けるが、足は止めない。

「これから王妃様に面会する。用事がないなら帰った方がいい。王宮は騒がしくなるだろうからな」

「悪いけど、今はお父様のお仕事の手伝いをしているの。ここは私の職場よ」

「このタイミングで？　お前は何を考えている？」

「さぁ？　それよりも、リオン君は元気にしているのかしら？」

クラリスの含みのある言い方に、アンジェは視線を細めて不快感を示す。

「どういう意味だ？」

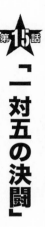

「深い意味はないわよ。——王妃様が待っているわ」

そう言うと、クラリスはアンジェと別れてしまう。

アンジェが王妃の部屋の前に来ると、顔を見た護衛たちが敬礼をした後にドアを開けた。

どうやら本当にミレーヌが待っているようだ。

「失礼します」

ミレーヌは、自分の部屋——執務室にて、大量の書類を処理している。

アンジェが来ると手を止めて、一息吐いてから微笑みを浮かべた。

ドアが閉められると、ミレーヌから話しかけてくる。

「今になって随分と精力的に動くのね。今更、この国が欲しくなったのかしら？」

ミレーヌの率直な質問に対して、アンジェは平然と答える。

「はい。そのために来ました」

「たった一人で乗り込んでくるなんて、本当に度胸があるわね」

アンジェを見てクスクスと笑うミレーヌだったが、急に表情を引き締める。

「帝国からの要求は知っているわね？」

「リオンの首です」

「その他にも属国になれと言ってきたわ。細かい条件も多くて嫌になるわよ」

「それでは、戦うおつもりですか？」

アンジェに問われたミレーヌは、落ち着いた様子で言う。

「無理ね。今の疲弊した王国では戦争になってもすぐに崩れるわ。リオン君を帝国に売って、安全を確保しようとする動きもあるの」

「後で裏切り者たちのリストを下さい」

堂々としているアンジェに、ミレーヌは意地の悪い質問をする。

「まるで王妃のように振る舞うのね。いえ、女王陛下かしら？　頼りない彼に代わって、自ら王にでもなるつもりかしら？」

その質問にアンジェは挑発的な笑みを浮かべる。

「リオンが望めば、その夢も叶いますよ。ただ、私はこう見えても夫を支える立場に憧れていましてね。リオンが望まないことはしたくありません」

ミレーヌは何かを言いかけ、頭を振ってから話を戻す。

「――リストは制作中よ。後で用意させるわ」

「感謝します」

話が一段落すると、アンジェがミレーヌに事も無げに言う。

「ローランド王には退位して頂きます」

それを聞いてもミレーヌは狼狽えず、アンジェを前におどける。

「陛下に退位を迫るのね。私たち王族は見せしめに処刑かしら？」

「からかわないで下さい。平和的に王位を譲って頂きます。陛下の身の安全は保証しますし、他の王族の方たちも同様です」

アンジェの判断を聞いて、ミレーヌは目を細めて為政者の顔になった。

「冷酷になりきれていないようね。私たち王族を野放しにすれば、後で厄介になるわよ。私たちを担いで独立する貴族たちが出てくるかもね」

新しい王を認めないと言って、独立を宣言する貴族たちが出てくる。

それはアンジェも予想していたが、気にしていなかった。

「リオンに喧嘩を売って勝てるのなら、それも一つの手でしょうね」

アンジェの返事を聞いて、ミレーヌは少し羨ましそうにする。

ただ、どこか娘の成長を喜んでいるようにも見えた。

かつて面倒を見てきた行儀見習の娘が、立派になって帰ってきたことを喜んでいる。

「立派に育ってくれて私も嬉しいわ。あなたを後継者と決めた私の判断は、間違っていなかった。まあ、結果的に失敗はしたのだけど」

ユリウスとの婚約で、アンジェは未来の王妃になることが決まっていた。

そのためにミレーヌも手塩にかけて育ててきたわけだが、息子であるユリウスによってご破算になってしまった。

そのことを悔やんでいるようだ。

「リオンの側にいるからここまで成長できました。――ミレーヌ様、今まで大変お世話になりました」

頭を下げるアンジェに、ミレーヌは言う。

「お礼を言うのはまだ早いわよ。私よりも手強い相手が残っているわ。――陛下は謁見の間でお待ちよ」

「謁見の間ですか？」

まるで、自分が来るのを待ち構えているような気がした。

◇

洞窟の外に出ると、ダニエルとレイモンドが俺に話しかけてくる。

「リオン、どうしたんだよ!? 何で学園に来ないんだよ！」

「君らしくないよ。それに、帝国が戦争を仕掛けに来るんだ。リオンがいないとみんなが困るよ」

話しかけてくる二人に、俺はどうしてこの場にいるのかを問い掛ける。

「あの五人を連れて来たのはお前たちか？」

俺が睨み付けたために、ダニエルは視線をさまよわせていた。

「あぁ、俺たちに飛行船を出して欲しいって頼まれたからさ。お前を迎えに行くって言うし、それなら、って。それよりも、なんで決闘なんかするんだよ!?」

振り返れば、洞窟からあの五人も出てくる。

俺は吐き捨てるように言い放つ。

「俺が知るかよ。ほら、離れていないと巻き込まれるぞ」

二人が俺を心配しながら森の中に消えて行く。

それを見ながら、ルクシオンに文句を言う。

「雨が止んでいないな。お前の天気予報は当てにならない」

『たいして時間は経っていません。許容範囲内です』

口の減らない相棒だ。

雨の中、俺の前に来た五人は横一列に並ぶ。

俺はルールを確認する。

「一年生の頃から何も学んでいないらしいな。鎧を使った決闘を申し込んでくるなんて、学習能力がないのかよ？」

五人は俺に、あの時と同じ状況――アンジェを助けるために、決闘の代理人になった際と同じ条件を出して来た。

俺を見るユリウスは、どこか悲しそうに見える。

「俺たちが勝利すれば、お前を王都に連れて帰る」

負けるはずがない俺は、勝利した際の条件を告げる。

「俺が勝てば、お前たちは王都に戻って大人しくマリエと遊んでいろ。安心していいぞ。小遣いははずんでやるから、しばらくは遊んで暮らせる」

ユリウスは俺の冗談に笑っていた。

「そいつはいい。勝っても負けても得しかない」

雨の中で清々しく言うユリウスの姿は、流石は美形の王子様と思えた。

嫉妬心が沸き起こって――来ないな。

そもそも、イケメンに対する嫉妬なんて仲間内のコミュニケーションだ。

「そのいけ好かない顔面をボコボコにしてやる。ルクシオン、アロガンツを出せ」

それでも、口から出るのは嫉妬心丸出しの小物らしい台詞だった。

『了解しました』

ルクシオンが返事をすると、予《あらかじ》め待機させていたのかアロガンツが上空からゆっくりと降下してきた。

雨で泥になった地面に降り立つアロガンツは、以前よりも体形がマッシブになっている。

アルカディアとの戦いを想定して、ルクシオンが改良を続けた成果である。

俺はアロガンツを前に、五馬鹿たちに引き下がるよう説得する。

「今のアロガンツは、お前たちが知るアロガンツじゃない。一年の時に、お前らをボコボコにしたよな？　あの時と同じ性能だと思わない方がいい」

わざと古傷をえぐるような発言をすると、クリスが眼鏡を外していた。

「近くで見てきたから理解しているさ。強さに磨きがかかっているようで何よりだ」

――強がる態度に腹が立つ。

さっさと引き下がれば、面倒が少なかったのに。

「それで？　お前たちの鎧はどこにある？　まさか、決闘を申し込んできた癖に、用意できていないとか言わないよな？」

そんな展開もありだと思っていると、空から鎧が五機も降りてきた。

見覚えのある鎧たちに、俺は目を見開いてルクシオンを見る。

「こいつらの鎧を持ち込んでいたのか？」

『こちらの五機も改修済みです』

「ルクシオン、何を考えている？」

『決闘を受けたのはマスターです。対戦相手に鎧がないので、私が用意しました』

何を考えているのか？　こいつらが俺に勝つなんて不可能だ。

そもそも、アロガンツの性能は限界まで引き上げられている。

完全な魔装騎士との戦いを想定して、俺が強さを求めたからだ。

結果、今までの俺では操縦が困難になってしまったが、そこはトレーニングと薬でカバーしている。

そうしなければ、使いこなせないのが今のアロガンツだ。

ユリウスたちを見れば、降りてきた鎧に乗り込んでいる。

――どれもルクシオンが用意した鎧たちだ。

何度も五馬鹿が乗り込み、俺をサポートしてきた鎧たち。

ジルクが俺を見て微笑んでいる。

「ご厚意に感謝しますよ」

そう言って、コックピットのハッチを閉じていた。

膝立ちをしていた緑色の鎧が、ゆっくりと立ち上がる。

全員が乗り込み、立ち上がって俺を待っていた。

白い鎧に乗り込んだユリウスが、俺を急かしてくる。

『乗らないのか？』

「――後悔させてやるよ」

どうにも、ユリウスたちに苛立ちが募っていく。

◇

コックピットの中。

ハッチを閉じると、モニターが起動して周囲の景色を映し出す。

雨が降る森は、地面の状況が最悪だった。

周囲は木々が生い茂っており、動き回るのも一苦労だ。

ルクシオンの姿は、定位置である俺の右肩付近にある。

「どうしてあいつらを助ける？　巻き込まないって方針を忘れたのか？」

『忘れていません』

「だったら」

『それよりも、ユリウスたちが待っていますよ』

ため息を吐いてから、俺は画面に映し出される五人の鎧を見た。

こうして見ると、一年の頃の決闘騒ぎを思い出す。

カラーリングも同じだが、武装に関しても似せて造らせたので面影があった。

見た目だけなら成長したように見えるし、実際には鎧だけなら性能は十分だろう。

——中身は別だが。

「さて、誰から相手をして欲しい？」

先に俺にぶちのめされるのは誰かと問えば、ブラッドがクスクスと笑っている。

『おや？　僕たちがいつ、一対一の決闘を申し込んだかな？』

「あん？」

外部マイクで会話をしているのだが、奴らは会話に合わせて鎧まで動いていた。

首を振る仕草に、俺は眉根を寄せる。

青い鎧に乗るクリスが堂々と宣言する。

『私たちは五人でお前一人と戦う！』

情けない台詞を堂々と言うものだから、何とも気が抜けてしまう。

「お前らにプライドはないのかよ？」

これまで通りプライドを刺激して条件を変更させようとするが、グレッグの赤い鎧がアロガンツを指さしてくる。

『お前は強い！　俺が認めた強者だから問題ない！』

「ふざけるなよ、この野郎共」

俺が頬を引きつらせていると、今度はジルクがわざとらしくこれまでの俺の発言を思い出してくる。

『五人まとめて相手をすれば良かった——確か、これはリオン君の言葉でしたよね？』

「だから五人で戦うって言うのか？」

ジルクとの会話に割り込んでくるのは、冗談が通じなそうな雰囲気を出すユリウスだ。

『お前に勝つためだ。俺たちはお前を必ず連れて帰る』

これ以上の話し合いは無意味らしい。

全員が武器を構えたので、俺は操縦桿を握りしめる。

「やってみろよ、馬鹿共が！」

◇

ユリウスは、強化されたアロガンツを前に冷や汗を流す。

リオンの怒りが鎧に伝播したような気迫を感じていた。

「本気で来い。いつまでも、あの時の俺たちだと思うなよ！」

本当は怖かった。

アロガンツという鎧が、自分たちの予想を超える規格外の化け物であるのは知っている。

リオンの側にいて、ずっと見てきたのだから。

ユリウスが盾を構えて前に出ると、その後ろでジルクの鎧が空へと舞い上がる。

『上を押さえます！　皆さんはその隙に――っ!?』

空を飛ぶジルクの鎧に襲いかかるのは、アロガンツのバックパックコンテナより発射された小型のミサイル群だった。

追尾機能を備えており、ジルクを追いかけ回している。

逃げ回るジルクを見ているリオンは、悪党のように笑っていた。

『威力は落としてあるが、当たると痛いから気を付けろよ！　ほら、追加もドンドン打ち上げてやるよ！』

一瞬でジルクの動きが防がれると、今度はアロガンツの左右にグレッグとクリスの鎧が回り込んで同時に攻撃を行う。

グレッグの突き出した槍の一撃。

クリスは頭上から振り下ろす剣による唐竹割りだ。

左右同時に襲いかかれば、いくらアロガンツでも対処は難しい。

そう思っていたが、アロガンツは二人の攻撃を腕で受け止める。

『本当に嫌になる性能だな！』

『ならば、攻撃し続けるのみ！　リオンに反撃のチャンスを与えるなよ、グレッグ！』

『おうよ！』

二人が次々に繰り出す攻撃を、アロガンツは腕の装甲板で防いでいた。

ユリウスはブラッドが、アロガンツの後方に回り込んだのを確認して小さく頷く。

「最初から簡単に勝てるとは想定していないさ。ブラッド！」

声をかけると、ブラッドの紫色の鎧が背中にマウントしていたスピアを発射する。

六本のスピアが空を舞いながら、アロガンツに向かって光学兵器による攻撃を開始した。

表面が熱されて赤くなるが、模擬戦のために調整されているため機体には大きなダメージを与えられない。

いつの間にか、グレッグもクリスも下がって同士討ちを回避している。

ブラッドは手応えを感じているらしい。

『四方八方からの攻撃には、流石のアロガンツも為す術がないだろう？　ルールは事前に確認しておくべきだったね、リオン！』

ブラッドの言葉に、リオンは笑っていた。

『お前たちにできて、アロガンツにできないと本気で思っているのかよ！』

次にコンテナから撃ち出されたのは、銃火器を持ったドローンたちだ。

小型で小回りも利くタイプで、ブラッドの遠隔操作で操れるスピアを追い回しはじめる。

すぐに集中砲火から解放されたアロガンツは、盾を構えるユリウスの鎧に向かって体当たりをしてくる。

「ぐっ!?」

ユリウスの鎧が何とか踏ん張って耐えるも、パワーの違いから押し込まれて下がっていく。

まるでユリウスの鎧を盾代わりに、アロガンツが森の中を突き進んでいた。

木々をなぎ倒し、森の中に道が造られていく。

『この程度で本気で俺に勝つつもりだったのか？』

あざ笑うリオンの声に、ユリウスは激しい怒りを覚えた。

「俺たちは二度と、勝てない勝負はしない。それはお前に教えてもらったことだ！」

白い鎧が徐々にパワーを上げていくと、アロガンツへ抵抗を試みる。

『無駄だ。アロガンツには勝てないよ』

「俺一人だけなら勝てないだろうが、今の俺は一人じゃない！」

その瞬間、アロガンツは頭上からライフルによる攻撃を受けた。

ペイント弾がバックパックコンテナに命中すると、緑色のペンキをぶちまける。

空を見上げれば、そこには被弾しつつも片手でライフルを構えているジルクの鎧の姿があった。

『油断しましたね、リオン君』

その直後、ドローンに囲まれたジルクの鎧は攻撃され――電子音声が皆のコックピットに状況を知らせてくる。

『ジルク機、戦闘不能と判定しました。機能停止します』

ゆっくりと地面に降下するジルクの鎧は、戦闘に参加できないように機体がロックされて動かなくなった。

「無事か、ジルク？」

ユリウスが声をかけると、ジルクが悔しそうにしている。

先程は余裕を見せていたが、どうやら本心は違ったらしい。

『申し訳ありません。本当は頭部を狙ったのですが、ダメージ判定で片腕しか使えずに狙いを外してしまいました』

「いや、お前のおかげで助かったよ」

ジルクは戦闘不能となってしまったが、代わりにアロガンツのバックパックコンテナを破壊することに成功していた。

アロガンツがバックパックをパージすると、地面にコンテナが落ちる。

『アロガンツ、コンテナを破壊されたためパージしました』

ルクシオンの判定に、リオンは納得していないようだ。

『今の攻撃でコンテナの中身全てが駄目になるかよ！』

『いいえ、コンテナは直撃を受けて使用不可能になりました。実際の戦闘でもパージしていました』

『糞がっ！』

リオンの注意が逸れたのを確認したユリウスは、アロガンツから距離を取って武器を構える。

「これで武器は使えなくなったな！」

両肩に用意された二門のキャノンが、アロガンツに狙いを定めると発射される。

砲弾が発射されるとアロガンツに命中し、爆発を起こした。

威力は抑えていると聞いていていたが、目の前の爆発に普通の人間ならば次の攻撃をためらっていただろう。

しかし、ユリウスは撃ち続ける。

「悪いが押し切らせてもらう！」

この程度の攻撃で、アロガンツが破壊できるとは思っていないための行動だ。

実際に、派手に爆発しているだけで威力は低い。

着弾しても黒い煙が発生するだけだ。

操縦桿のトリガーを何度も引くと、その度に目の前で爆発が起きた。

爆発で発生した煙の中に、ツインアイの赤い光が輝く。

「これでも駄目か」

ユリウスがそう言うと、煙の中からアロガンツが飛び出て来た。

今の着弾で機能停止を宣言しないとなれば、アロガンツの装甲は今の攻撃を耐えきれるとルクシオンが判断したのだろう。

アロガンツが右手を伸ばして襲いかかってくるので、ユリウスは盾で防ぐ。

しかし、すぐに嫌な予感がして盾を捨てて後方へと飛んだ。

直後、盾はアロガンツにより吹き飛ばされる。

アロガンツがゆっくりと空へと上がると、雄叫びを上げるように天を仰ぐ。

『調子に乗ってんじゃねーぞ、雑魚共が!!』

リオンの咆哮に、ユリウスは頬を冷や汗が伝った。

「まだ四対一だ。終わっていないぞ、リオン！」

◇

どいつもこいつも、本当に俺を苛立たせてくれる。

俺の何がそんなに気に入らない？

お前たちの代わりに、全て片付けてやるのに——どうして大人しくしない？

バックパックコンテナを喪失したアロガンツは、攻撃手段が両腕に限られてしまった。

空へと舞い上がったアロガンツに、ブラッドの生き残ったスピアが三本も襲いかかってくる。

「ハエみたいにチョロチョロ飛び回りやがって」

視線を動かしスピアの動きを注視していると、今度はグレッグとクリスの鎧が空に上がって来た。

ユリウスも上昇し、アロガンツに迫ってくる。

グレッグとクリスは、同士討ちを覚悟でアロガンツに突撃をかけてくる。

『余所見《よそみ》をしている暇があるのか？　なら、俺がお前を倒してやるよ！』

槍を持ったグレッグの鎧が、鋭い突きを何度も放ってくる。

『ジルクの働きを無駄にはしない！』

二振りの剣を持って二刀流で襲いかかってくるクリスの鎧は、次々に斬撃を放ってくる。

どちらも連撃を絶え間なく打ち込んでくるおかげで、俺はアロガンツに防御姿勢を取らせていた。

そうしている間に、ユリウスの鎧が上がって来て攻撃に加わる。

右手に持った剣で斬りかかってくるユリウスの鎧に合わせ、グレッグとクリスが位置を変えた。

『どうした、リオン？　俺たちを簡単に倒すんじゃなかったのか？　まだジルクしか倒れていないぞ！』

スピアを操作しているブラッドの鎧は、少し離れた場所からライフルを構えて俺を狙っていた。

『もう逃げられないよ。このまま押し切って勝利を手に入れる！』

囲まれて絶体絶命のアロガンツ――だが、俺は負けるとは思っていない。

「何度も言わせるなよ、ブラッド――お前らは一生負け犬だ」

目を見開き操縦桿を小刻みに動かし、フットペダルもミリ単位で動かし調整する。

アロガンツが強引に腕を伸ばし、クリスの鎧を捕まえると――そのままグレッグに目がけて投げつけた。

『うわぁぁぁ!!』

『クリス、さっさと体勢を立て直せ！』

二機が空中で衝突したタイミングで、アロガンツが二機を両手で掴んだ。

「これで終わりだな。インパクト」

宣言するだけで、実際にインパクトをアロガンツは放たなかった。

だが、すぐにルクシオンの判定が入る。

『グレッグ、クリス、両名は飛行機能に損傷を確認。地上へ落下します』

「仲良く地面に落ちろ！」

ブラッドの鎧はライフルを構え、アロガンツを狙った。

『だったら僕が狙撃するだけだ』

ブラッドの鎧がライフルで狙撃してくるが、ジルクとは違って狙いが定まっていなかった。

また、コンテナを切り離したアロガンツは身軽になっている。

今まではコンテナがなければスピードが落ちてノロノロと動いていたが、現在はそれなりの速度が出るように改修済みだ。

弾丸を避けながら、ブラッドへと向かっていく。

アロガンツを追いかけてくるユリウスだが、既にキャノン砲の弾を撃ち尽くしているため長距離攻撃手段を喪失していた。

『逃げろ、ブラッド！』

ユリウスに逃げるように言われたブラッドだったが、ライフルで一発でも当てれば逆転できるなどと甘い考えを抱いたようだ。

『僕がリオンを仕留める。必ずリオンを連れて帰ると約束したんだ！』

飛び回りながら射撃をするブラッドだが、その動きはジルクと比べるとお粗末だった。

「さっさと逃げるべきだったな、ブラッド！」

アロガンツが追いつき、ブラッドを両手で捕まえる。

そのまま操縦桿のトリガーを引くと、ルクシオンが判定を行う。

『ブラッド機、戦闘不能です』

『つ！　あと少しだったのに』

結果に悔しがるブラッドの声を聞いて、俺はコックピットの中で罵る。

「一対五でこの様かよ？　残るは一人だけになったな、王子様！」

振り返ると、ユリウスの鎧が両手で剣を構えていた。

背負っていたキャノン砲はパージし、身軽になったユリウスの鎧が俺に斬りかかってくる。

『それでも俺は――お前に負けられない！』

「いい加減に気付けよ。お前らの鎧は、ルクシオンが急造した物だ。アロガンツみたいな特注品じゃないんだよ。――性能の差を甘く見るな」

アロガンツと五馬鹿の鎧では、性能に大きな開きが存在する。

アロガンツの方が性能で圧倒的に勝っていた。

一対五という状況はやや不利だったが、それでも勝ててしまうほどに強い。

アロガンツが拳でユリウスの鎧を殴ると、剣で防がれてしまう。

だが、殴られた剣の方がダメージを受けていた。

刃にひびが入り、ボロボロになっていく。

「今度は降参しろよ。それとも、王子様の立場を利用して命令するか？　俺に負けて下さい、って言ってみろよ！」

言われたところで絶対に認めないが、ユリウスも最初から考えていないようだ。

『一年の頃を思い出すよ』

「あん？」

『あの頃の俺たちは、お前に負けるとは想像もしていなかった』

「そのせいで衆人環視の中で恥を晒したよな。お前らは本当に成長しない奴らだよ！」

『ぐっ!?』

アロガンツの拳が、ユリウスの鎧の頭部を殴りつけて地面に叩き落とした。

ルクシオンが機能停止を告げないため、アロガンツで地面に降りる。

ボロボロになったユリウスの鎧は、やっとの状態で地面に立っていた。

もう勝敗は決しただろう。

「諦めろよ。お前らは一生、俺には勝てないんだ。帰ってマリエと戦争が終わるのを待っていればいいんだよ」

そう言うと、ユリウスが激高する。

『ふざけるなっ！　さっきから聞いていれば、お前は何様のつもりだ？』

偉そうな俺の態度に腹が立っているのだろう。

そのように振る舞っているから、相手が激怒するなら成功と言える。

「今の俺は大公様だ！　頭が高いぞ、継承権もない王子様！」

アロガンツに両手を広げさせ、いつでも倒せると余裕を見せつけた。

『俺が言っているのは地位じゃない。お前は一人で帝国と戦うつもりだろう？』

「そうだ。お前らは足手まといだからな」

ユリウスは俺の言葉に思うところがあるらしい。

『確かに俺たちは頼りない。だけどな、お前を助けたいんだ』

――ムカつく。

『マリエに頼まれたのも理由だが、俺たちはお前の力になりたい』

――反吐《へど》が出る。

『全てをお前一人が背負う必要はない。俺たちもお前のために戦うさ』

――お前たちに腹が立つ。

気が付いたら、アロガンツが足早にユリウスの鎧に近付いていた。

そのまま右拳を振り上げて力の限り振り下ろす。

吹き飛ばされるユリウスの鎧は、後方にある木に激突して座り込んだ。

「俺のために何をするって？　そういうのは、俺より強くなってから言えよ。本当にお前らは邪魔だな。いつも、俺に迷惑ばかりかけやがる」

こうしている時間さえ惜しい。

一分一秒が大事な時に、どうして俺を一人にしてくれない？

ユリウスの鎧がなおも立ち上がり、俺の方に歩いてくる。

『――マリエはお前のために、俺たちに泣きながら頭を下げてきたぞ』

気が付くと目を見開いていた。

妹が泣いたからどうだというのか？

そう思っているのに、胸が締め付けられるように痛むのは何故だ？

「それがどうした？　金蔓がいなくなると困るからだろ？」

『マリエはお前のために涙を流した。それを否定するのは――お前だろうと許さない』

ユリウスの鎧がアロガンツの目の前に来る。

「愛する女のために戦うってか？　本当におめでたい連中だな！　さっさと倒れて、愛しのマリエに慰めてもらえよ！」

アロガンツが拳をユリウスの鎧に叩き付けられようとした瞬間だった。

ガクンッ、と機体が変な衝撃を受ける。

何かに足を引っ張られている？　すぐに足下を確認すると、そこにはグレッグとクリスの鎧がいた。

アロガンツの両脚に、それぞれがしがみついている。

そういえば、まだ機能停止を宣言されていなかったな。

奥歯を噛みしめてから、グレッグとクリスの鎧を殴りつけてやった。

「無様だな！　五人も揃っていれば、アロガンツに勝てると思ったか？　見通しが甘いんだよ！」

どれだけ殴られても、グレッグの鎧は離れない。

『さっきから聞いていれば、アロガンツ、アロガンツってうるせーよ。少しも自分を誇らないのは、俺たちに負けているって気付いているからか？』

俺を煽ってくるグレッグに、激しい怒りを覚えた。

――そんなの、自分が一番理解している。

クリスは持っていた剣をユリウスの足下へと投げていた。

『黙り込んだな？　図星だったみたいだぞ、グレッグ。お前も随分と口が回るようになったな。口下手な私には羨ましい限りだ』

『はっ！　褒め言葉として受け取ってやるよ』

俺を無視して二人で盛り上がっている。

だが、結局は無意味だ。

「言いたいことはそれだけか？」

アロガンツが二機をそれぞれ掴み上げると、そのままインパクト――衝撃波を発生させて二人を気絶させた。

持ち上げた二機を放り投げると、その間にユリウスはクリスの剣を拾い上げて構えていた。

「二人の言う通りだ。俺は強くない。強いのはルクシオンとアロガンツだ。だが、それに何の意味がある？　倒れているのはお前らで、立っているのは俺――俺が勝者だ」

俺は勝っているはずなのに、今日は少しも嬉しくない。

楽しくない理由も、俺が苛立つ理由も気付いている。

こいつらが俺のために決闘を挑んだからだ。

正確に言えばマリエのためだが、俺を連れ戻したいという気持ちも僅かにあるはずだ。

苛立つ理由は――図星を指されたから。

俺がルクシオンを手に入れなければ、リビアが手に入れて平和な世界を築いていたかもしれない。

所詮は可能性の話だが、俺が手に入れるよりもずっといい未来が手に入っただろう。

結局、俺はルクシオンにも相応しくなかった。

俺が立ち尽くしていると、ユリウスが笑っている。

『まだ終わっていないのに勝った気持ちでいるのか？　それにしても随分と暗いな。これまでのお前なら、グレッグの煽りに開き直って十倍は言い返していたはずだ』

「黙れ」

『生身で俺たちに勝てないのが、お前のコンプレックスだったとは知らなかったよ。今後は鎧を使わず、生身で戦ってやろう。地べたを這いずるのはお前だよ、リオン』

「――黙れよ」

『お前は相手に黙れと言われて、素直に従うのか？　弱みを見せたらつけ込むのがお前だろ？　相手の心をへし折って、二度と立ち上がれなくしてきたのはお前だ』

「誰のためにやっていると――お前らは本当に！」

アロガンツが大きく踏み込み、ユリウスの鎧に手を伸ばした。

だが、四方から何かが発射される。

それらはワイヤーで繋がっていて、アロガンツを拘束した。

体勢を崩したアロガンツが、泥に足を取られて滑って転んでしまう。

「何が起きた？」

すぐに周囲を確認すれば、コックピットから出てボウガンを構える四人の姿があった。

鎧から降りて、生身で決闘の場に出てきている。

それが危険な行為であると四人とも知っているはずだが、アロガンツを僅かにでも拘束させるため外に出たのだろう。

しかし、これはルール違反だ。

「卑怯な真似をしやがって。ルクシオン、あいつらの反則負けだ」

『――認められません』

「はぁ!?」

『決闘のルールに、生身で外に出て戦ってはならない、とはありません。よって、この決闘は続行します』

俺の言い分を認めないルクシオンの振る舞いに、ようやく納得する。

「さっきから協力しないと思えば、お前は俺を裏切ったのか？　あいつらにこの場所を教えたのはお前だな」

『お喋りをしている暇があるのですか？』

前を見ると、ユリウスの鎧が剣を振り下ろしてきた。

アロガンツに衝撃が伝わると、ルクシオンが警告してくる。

『実戦であれば、今の攻撃でアロガンツは無視できないダメージを負いました。性能をダウンさせます』

アロガンツのパワーが下がり、動きが鈍くなる。

「この程度で負けるかよ」

アロガンツがワイヤーを引き千切り、ユリウスの鎧に殴りかかる。

クリスから受け取った剣で受け止めたため、砕け散っていた。

ユリウスの鎧が拳をアロガンツに叩き込んでくると、その衝撃がコックピットを揺らした。

「っ!?」

『俺たちはお前に勝つために、何度も何度も訓練を積んできた。お前とは準備してきた時間が違う！』

性能差を連携でカバーした五馬鹿に、素直に感心してしまう。

「時間は有意義に使え、ボケェ!!」

『実に有意義な時間だった!!』

そのままアロガンツとユリウスの鎧が殴り合いを開始する。

パワー不足で決着がつかぬまま、ユリウスの鎧がボロボロになっていく。

――なのに、ユリウスは倒れない。

「さっきからグダグダ言いやがって！　お前ら何が不満だ！」

アロガンツがユリウスの鎧を蹴り上げた。

『つあ!?　な、何もかもが不満だ。偉そうに上から目線で、何もかもを知ったような顔をするお前が嫌いだよ！』

ユリウスの鎧が左腕で殴ってくると、アロガンツの装甲に負けて砕けていた。

「何も知らないのはお前らだ」

アロガンツがユリウスの鎧の右腕を掴み、引き千切ろうとするもパワー不足で関節を引き伸ばして破壊するだけに終わった。

「お前らは何も知らなくていい」

アロガンツがその両腕で、ユリウスの鎧を破壊していく。

「俺が何もかも終わらせてやるよ。マリエと幸せに暮らしたいんだろ？　だったら――」

両手を組んで振り上げたアロガンツが、ユリウスの鎧に振り下ろした。

「お前らは黙って俺に守られていればいいんだよ!!」

――俺が全部終わらせてやるから――簡単なことだろ？

倒れ伏すユリウスの鎧を前に、俺は乱れた呼吸を整える。

『――ユリウス機、機能停止しました』

「これで終わりだな」

『いいえ、相打ちです』

「あん？」

終わったと思った瞬間だった。

コックピットにペイント弾が命中し、アロガンツを緑色に染めた。

ルクシオンが判定を行う。

『アロガンツの勝利宣言前でしたので、今の攻撃を有効と判断します。よって、この決闘の結果は引き分けです』

「ふ、ふざけるなっ！」

ルクシオンの判断で、アロガンツが動きを止めてしまったのでハッチを開けて外に出る。

森の中では、ジルクたちが鎧用のライフルを持ち出して人力で狙いを付けて発射したらしい。

鎧が使用するライフルを四人で運び、戦闘中に狙いを付けて発射した。

どれだけ無茶をすれば気が済むのか？

疲れ果てて地面に座り込む四人は、清々しい笑顔で俺を見ている。

「――馬鹿野郎共が」

どうして俺に勝とうとする？　どうして自ら巻き込まれようとする？

マリエに頼まれたからか？　だったら、マリエの側にいてやれよ。

雨の中で立ち尽くしていると、ユリウスがコックピットから這い出て俺の方へやって来る。

「リオン、まだやるか？」

「上等だよ、王子様。お前のそのいけ好かない顔をボコボコにしてやりたかったんだ」

駆け出して頬を殴ると、ユリウスも殴り返してくる。

ユリウスの拳が俺の左頬に当たった。

「奇遇だな。俺もお前の顔を殴りたかった！」

「――この串焼き野郎がぁぁぁ！」

「それは俺にとって褒め言葉だ！」

ユリウスのボディーに一発叩き込むと、髪を掴まれて膝蹴りを腹部に叩き込まれた。

トレーニングと薬の効果は出ていた。

それなのに、ユリウスはどこまでも食らいついてくる。

短期間とは言え、体に相当な負担をかけて手に入れた力だ。

――なのに、俺はユリウスに勝てないのか？

俺はユリウスの腰に体当たりをすると、足が滑って抱きついた形になった。

「お前ら何なんだよ！　俺の邪魔ばかりして、何がそんなに楽しい!?」

ユリウスは俺の問いに答えることなく、俺を投げ飛ばして地面に転がすとマウントを取ってくる。

すぐに両手でガードして頭部を守るのだが、ユリウスは両手で拳を何度も叩き込んでくる。

「誰が楽しいと言った？　俺たちはお前に腹が立っているだけだ！」

「あぁ、そうかい。随分と嫌われたな」

「違う！　俺たちはお前に――頼って欲しかった」

打撃が止み、ユリウスの顔をよく見ると泣いていた。

雨に混じって涙が俺の頬に落ちてくる。

「マリエに頼まれたからじゃない。どうしてお前は、俺たちを頼ってくれなかった？　これまで何度も、俺たちは手を貸してきたじゃないか」

どうしてこいつは泣いているのだろうか？　不思議と気持ちが落ち着いて、思うよりも先に口が動

いていた。

「――お前たちを巻き込まないようにって」

「巻き込めよ！　散々巻き込んで、引っかき回していたのはお前だぞ。今更――そんなことを言うなよ」

ジルク、グレッグ、クリス、ブラッド――四人が俺たちの周りに来ていた。

参加するでもなく、ただ俺たちを見て泣いている。

ジルクは空を見上げて、グレッグは目頭を押さえていた。

クリスは眼鏡を外して、顔を手で隠している。

ブラッドは――鼻を赤くして鼻水をすすっていた。

俺は頭をゆっくりと振る。

「お前らだって俺のことは嫌いだろうが。そんな俺に、死ぬかもしれない戦いについて来いと言われても迷惑なはずだ。違うか？」

どうせ拒否されると思った。――いや、違うな。

できれば巻き込みたくなかった。

俺はこいつらに、マリエの側にいて欲しかった。

ユリウスが俺の胸倉を掴んでくる。

「俺たちはお前を友人だと思っている。掛け替えのない友人だ。お前に嫌われていようとも、俺はそう思っている。だから頼ってくれ――お願いだ」

厚い雲に覆われた空から、太陽の光が差し込んできた。

いつの間にか雨は止み、晴れてきている。

ルクシオンの天気予報が当たったのか——そんなことをボンヤリと考えるくらいには、俺は心に余裕が生まれたらしい。

まさか、こいつらにまで頼って欲しいとお願いされる日が来るとは思わなかった。

だが、今は何だか気分がいい。

実質一対六の散々な決闘だったのに、心の重荷が外れて軽くなった気分だ。

殴られた場所は痛いし、体もボロボロだし、とにかく最悪と言える状況だが。

この決闘？　の結果を受け入れている自分がいた。

「もう俺の負けでいいよ」

第16話「王位」

ホルファート王国の王宮。

謁見の間には、玉座の前に立つローランドの姿があった。

王妃の椅子の前にはミレーヌが立ち、二人とも席に着こうとしない。

二人に近い位置にいるのは、大臣の一人である【バーナード・フィア・アトリー】と、ローランドの友人である専属医の【フレッド】だ。

アンジェが謁見の間に連れて来たのは、父であるヴィンス一人である。

広い謁見の間には、たった六人しかいなかった。

アンジェは高座にいるローランドに一礼すると、それから落ち着きながらも力強い声で迫る。

「陛下、王位を譲って頂きます」

この場にいる者たち全員がアンジェの言葉に緊張する。

それはアンジェ自身も同じだ。

王位を譲れ——言い換えれば、国を寄越せと言っているのだから。

ローランドがいち早く緊張から解放されると、クスクスと笑っている。

「この私に王位を譲れと迫ってくるのが、ユリウスでもジェイクでもなくアンジェリカになるとは思わなかったよ」

既に段取りは済ませていた。

だが、ここでローランドが拒否をすると、アンジェは強硬手段に出るしかない。

謁見の間の出入り口である大きな扉の向こう側や、部屋に入る通路にはレッドグレイブ家の兵士たちが既に控えていた。

ヴィンスがこの場にいるのも、レッドグレイブ家がアンジェの味方であると示すため。

ローランドを前に、アンジェは「私はお前を引きずり落とす力を持っているぞ」と脅していた。

事前に知らされているため、ミレーヌをはじめ全員が慌てたりはしない。

だが、ローランドの返答次第では揉めることになる。

実際に、レッドグレイブ家の兵士たちが乗り込んできたため、王宮内では騒ぎも起きていた。

ローランドの返答次第で血が流れることになる。

リオンのために流れる血を最小限にする。そのためにも、アンジェは説得を試みる。

「事ここに至っては、今の王国を存続させる意味がありません。リオンも覚悟を決めました。陛下には、どうか王位を退いて頂きたいのです」

願い出ているような台詞だが、アンジェが言いたいのは「リオンも本気だから、逆らっても無駄だ」だ。

簒奪《さんだつ》と言われても仕方がない強引なやり方である。

皆の視線がローランドに集まると、本人は平然とした様子で言う。

「よかろう！」

アッサリと返事をしたローランドを前に、周囲は何とも言えない顔をしている。

抵抗しなかったのを潔いと思えばいいのか、それとも王位を軽く扱うなと責めれば良いのか？

それぞれが複雑な表情をしている。

アンジェも同じだ。

「そんなにアッサリと決めてしまわれて宜しいのですか？　あの、もっとこう――」

アンジェの言いたいことを察したのか、ローランドが腕を組む。

「私のありがたい話を聞きたい気持ちは理解するが、アンジェリカの言うようにこの状況では仕方があるまいよ。ミレーヌから詳細は聞き及んでいる。私は君たちの話が真実であるかどうかは気にしていない。大事なのは、帝国が本気で王国を滅ぼそうとしている事実だけだ」

納得できない部分もあるが、下手に揉めずに王位を譲ると言ってくれた。

アンジェは礼を言う。

「ご英断に感謝いたします」

「うむ！　――それはそうと、私の今度の扱いについて聞いておこうか。命の保証は勿論だが、待遇は考慮してくれるのだろうね？」

「え？　あ、はい。王家の方々は勿論ですが、陛下を処刑にはできません。ただ、窮屈《きゅうくつ》になるとは思いますが、手頃な浮島に隠遁生活をしてもらうことになるかと」

自分の今後を心配するローランドに、ミレーヌは呆れ果てた顔をしていた。

だが、ローランドの本気はここからだった。

「仕方がないか。私がいれば争いの種になりかねないからな。それはそうと、私の愛人たちは隠居先に連れて行けるのだろうね？」

ローランドの申し出に、アンジェが狼狽えてしまう。

「愛人ですか!?　いえ、私は把握しておりませんので何とも――」

「ここに資料があるよ」

「――え？」

バーナード大臣が、無表情でアンジェに幾つもの資料を手渡してくる。

よく見れば、バーナード大臣は隈を作っていた。

ここ数日、徹夜続きだったのだろうか？

「陛下の頼みにより徹夜で用意した書類だ。本当に最後の最後までろくでもない奴だったよ」

バーナードが無表情でローランドを罵った。

資料に目を通すアンジェは、頬を引きつらせる。

「関係を持った女性とその子供たち!?」

ローランドは胸に手を当て、顔は斜め上を向けていた。

「辺境に付いてきてくれる愛人は少ないが、せめて関係を持った者たちを幸せにしてやりたい。多くの子供たちも、自分が王家の血を引いているとは知らずに市井で暮らしている。あの子たちに迷惑はかけてくれるなよ」

この瞬間、アンジェはローランドの愛人だった女性たち――そして、その子供たちの面倒を押しつけられた。

忌々しいのは、バーナードが渡してきた資料だ。

王位を譲るために必要な書類が揃っており、これがあればスムーズに新しい王を迎えられるだろう。

ワナワナとアンジェが震えていると、ミレーヌがゴミを見るような目をローランドに向けている。

「外では随分と愛を振りまかれたのですね」

ミレーヌの嫌みを聞いたローランドは、怯えるどころか笑みを浮かべていた。

責められるようなことはしていない、と本気で信じているように胸を張っている。

「安心しろ。禍根を残さないために、私の身分は偽っている。どの子たちも、自分が王家の血を引いているとは知らないさ」

ローランドの友人であるフレッドは、友の姿を前に両手で顔を覆っていた。

友人の情けない姿を見ていられないのと、ローランドの遊びに手を貸してきた罪悪感にさいなまれているようだ。

「隠し子がいるだけで大問題ですから！」

ヴィンスなど、眉間に皺を寄せて手を握りしめている。

隠し子と聞いて我慢ならない顔をしていた。

「あれほど、余計な問題を起こすなと釘をさしておいたのに、このロクデナシは――」

過去に何かあったのか、ヴィンスは激怒したい気持ちを抑え込んでいた。

ミレーヌ同様に、アンジェもローランドにゴミを見るような目を向けていた。

「余計な野心を抱かぬ限り、私が責任を持って保護しますよ」

(陛下――いや、これの面倒を見なければならないと思うと、何故か無性に腹立たしく思えてくるな。

リオンもこんな感情を抱いていたのだろうか？)

アンジェに保証すると言われ、ローランドは胸をなで下ろしていた。

「すまないな。まさか、あの小僧に私の愛人たちの面倒を見てもらうとは思わなかった。おっと、あの小僧には手を出すなと伝えておくんだよ。特に私の娘たちに手を出したら殺す！　と伝えてくれ」

ミレーヌがボソリと呟く。

「散々余所の娘に手を出してきた癖に」

この場にいる皆が、ローランドに怒りや落胆といった様々な感情を向けていた。

そんな中でもローランドは平気な顔をしている。

むしろ、楽しんでいる余裕すら見せるから、周囲を余計に腹立たしくさせる。

この状況を利用して、アンジェにある人物の話までする。

「いっそ奴の話も教えておこうか？　まだ伝手も残っているはずだから、お前たちの役に立つはずだ。あの暇人をこき使ってやってくれ。いや〜、それにしてもやっとこの面倒な立場から解放された。こんな地位を欲しがる奴の気が知れないな」

王位など面倒なだけと言い放つローランドに、アンジェは叱責する。

「まだ終わっていません。陛下が認めても、拒絶する貴族たちが出ます。彼らを押さえ込むためにも、陛下には事が終わるまで協力して頂きます」

すると、ローランドはニヤリと笑みを浮かべた。

書類の束を投げて寄越すと、受け取ったアンジェは驚く。

「これは貴族たちの署名？　いつの間に集められたのですか!?」

そこには、新しい王に従うという誓約が書かれた書類が揃っていた。

ローランドが苦労した、と言いたそうに肩をすくめる。

「こうなることを予想していなかったと思うのかな？　私は日頃から貴族たちの弱みを握っていたからな。ここぞという場面で切り札を出させてもらったよ。これで、君たちの障害はないわけだ」

笑い出すローランドに、周囲は苦々しい顔をしていた。

ミレーヌが代表して皆の気持ちを代弁する。

「普段からその有能さを発揮して欲しかったわね」

アンジェも同意して、深く頷く。

だが、書類の束を見て表情が少し緩んだ。

(これでリオンを助けてやれる。後は——)

◇

謁見の間に残ったのは、ローランドとミレーヌの二人だけだった。

ミレーヌは他人の視線がないため、ローランドに対して露骨に嫌悪感を示している。

「コソコソと何をしているのかと思えば、王位を譲る準備でしたか。本当にこういう時だけは有能ですね。王位を退いて、本心では小躍りしたいくらいに喜んでいるのでしょう？　自由を得られた気分はどうですか？」

言葉でローランドを責めるミレーヌに、ローランドは背中を向けていた。

本人は窓の前に立って外を眺めている。

「この場で踊って見せてもいいぞ」

「結構です。——本当に宜しかったのですか？　あの子たち次第では、方針を変えて私たちの処刑台送りもあり得ますよ」

心配するミレーヌの顔を見るため、ローランドが振り返った。

「それはないと断言できる。あの小僧はお前に夢中だからな」

「責任ある立場になれば方針や意見など変わりますよ」

「いや、約束を反故《ほご》になどしないさ」

俯きながら言うローランドの姿を見て、ミレーヌは不思議に思ったのだろう。

「普段はいがみ合っているのに、信用しているのですね」

「信じるさ」

ローランドは顔を上げると、どこか遠くを見ながら言う。

「今や帝国に立ち向かえるのは小僧一人だけだ。あの小僧は最後まで命がけで戦い、王国のために尽くしてくれるよ。――難儀な奴だ。自分一人でさっさと逃げればいいのに、下手な責任感を抱くから重荷ばかり背負う」

ミレーヌが自分を抱きしめるように腕を組み、そして少し辛そうな顔を見せる。

「不器用な子ですから」

ローランドはその顔を見て口角が上がるも、手で隠してしまう。

「それにしても、あんな罰ゲームのような玉座に座りたい奴の気が知れないな」

ミレーヌがため息を吐いた。

「本当に王という立場が嫌いなのですね」

ローランドは即位してからの出来事を思い浮かべ、酷く嫌そうな顔をする。

「大嫌いだ！　無事に辞められそうで清々している」

王などになりたくなかった、そんな本音をローランドは隠そうともしない。

そして、ローランドは呟く。

「それにしても、まさかのバルトファルトか――」

「どうしました？」

ミレーヌが首をかしげると、ローランドが再び背中を向けて窓の外を見る。

「これも因果だと思っただけだ」

バルトファルト家の因果とは何だろうか？　ミレーヌが問い掛けるが、ローランドは最後まで答えなかった。

第17話「勇気ある者」

ボロボロになった俺は、肩を借りてアインホルンに運ばれていた。

貸してくれるのはダニエルとレイモンドの二人だ。

「王子様と殴り合うなんて、リオンじゃないとできないぞ」

からかってくるダニエルに、俺は苦笑するが殴られた場所が痛む。

「あいつら全員、俺の子分だからいいんだよ」

子分発言が面白かったのか、レイモンドが笑う。

「リオンらしいよね。――それより、帝国と戦争をするんだろ？　王都も大騒ぎになっているけど、リオンなら勝てるよね？」

笑みを消して、心配そうに尋ねてくるレイモンドの顔から視線を逸らして前を見る。

「俺を突き出せば見逃すって言われたんだろ？」

レイモンドは頭を振り、その選択はあり得ないと言う。

「屈辱的な条件も呑まない限り、見逃してくれないって話だよ。リオンを突き出しても、許してくれそうにないってさ」

帝国がやたらと喧嘩腰なのは、アルカディアを得て勝てると思っているからか？

疑問に思っていると、ルクシオンが答えてくれる。

『条件を呑んでもよし、呑まずとも戦争で滅ぼせると考えたのでしょう。戦力差を考えれば、帝国の態度も頷けます』

ダニエルが俺とルクシオンを交互に見ながら聞いてくる。

「リオンがいれば負けないだろ？　今回も俺たちの助けは必要か？」

俺が何度も友人たちを頼って来たため、二人は今回も呼び出されると思ったのだろう。

俺は項垂れる。

「悪いが、今回は絶対に勝てるとは言えない」

ダニエルとレイモンドが「え？」と声を揃えると、そのまま言葉を失っていた。

「お前たちは参加しなくていいぞ。今回ばかりは、守ってやれる余裕がないからな。気にしなくても、飛行船や鎧の整備は兄貴が引き受けてくれる。ペナルティーもないから安心しろよ」

これまで契約を盾に友人たちを酷使してきたが、今回ばかりは巻き込めない。

唖然としている二人に問い掛ける。

「それにしても、お前らがあの五人と親しいとは知らなかったな」

わざわざ飛行船を出して、俺のもとに送り届けるとは思わなかった。

いち早く立ち直ったレイモンドが答える。

「あ、あぁ、うん。殿下たちに頼まれたからね。僕たちもリオンが心配だったし」

「巻き込んで悪かったな。あの五人はアインホルンに乗せるから、お前たちは先に帰っていいぞ」

アインホルンの入り口まで来ると、俺は一人で中に入る。

ダニエルが最後に真顔で俺に問う。

「どうしたんだよ？　普段のお前は、もっと余裕があって憎らしくて――それなのに、何で今日は負けるみたいな言い方をするんだよ？　もっといつもみたいに、太々《ふてぶて》しくしろよ！」

ドアを閉める前に、俺は二人に苦笑しながら別れを告げる。

「今まで悪かったな。他の連中にも俺が謝っていた、って伝えてくれ」

◇

アインホルンの艦内に入った俺たちは、医務室にて治療を受けていた。

一番酷い怪我をしていたのはユリウスだった。

俺を相手に相当無理をしたそうで、骨にひびが入っているらしい。

「ジルク!?　も、もっと優しくしろ」

治療を手伝うジルクが、痛がるユリウスを見て笑みを浮かべていた。

ちょっとサディスティックな顔をしているように見えるのは、気のせいだと思いたい。

「無茶をするからですよ」

治療を終えて上着を着ようとする俺だったが、グレッグが熱のこもった視線を向けてくるので居心地が悪かった。

「何だよ？」

さっさと上着を着てグレッグを睨むと、ため息を吐かれてしまった。

「筋肉が泣いているぞ。お前、かなり無茶をしただろ？」

馬鹿だと思っていたが、俺が体を鍛えるために薬に手を出したと見抜いたらしい。

ただの筋肉馬鹿ではなかったようだ。

「短期間で爆発的な効果が得られるぞ。どうだ、羨ましいか？」

「興味ねーよ」

顔を背けるグレッグは、俺に対して腹を立てているように見える。

両手に包帯を巻いたブラッドが、頭を振っている。

少し苛立っている気がした。

「美しくない体だね」

「大きなお世話だ」

二人が腹を立てているのは、どうやら俺が無茶をしたためらしい。

——相談でもして欲しかったのだろうか？

眼鏡のレンズにひびが入ったクリスは、俺の選択を責めてくる。

「必要性があったのは理解するが、無茶をしすぎて倒れては意味がないぞ」

理解を示しつつも、納得はしていないらしい。

「ルクシオンが管理しているから心配ない」

そう言うと、俺の側で治療を手伝ってくれたルクシオンが呆れていた。

『何度も限界だと申し上げましたが、聞き入れなかったのはマスターですよ』

普段のルクシオンが戻ってきた気がする。

「悪かったな。――さて、それでお前らは俺を連れ戻して何をしたいんだ？」

決闘に負けたのだからユリウスたちの指示に従うが、王都に戻って何をするのだろうか？

戻ったところで、意味がなければ時間の無駄である。

治療が終わったユリウスは、王都で何が起きているのかを簡単に説明してくれる。

「お前の婚約者たちが動いているよ。どこまで味方を集められるか知らないが、お前を単独で帝国と戦わせるつもりはないそうだ」

アンジェたちが？　無茶をしなければいいが――そう思っていると、ユリウスが俺を睨んでいた。

「俺はアンジェリカを泣かせるなと言ったはずだが？」

お前に言われたくねーよ！　――などと言いたい気持ちもある。

だが、今は反論する気分ではなかった。

「反省しているよ。それで、俺は王都に戻って味方と合流しろっていうのか？　待ち伏せされたりしないだろうな？」

話を逸らすと、ユリウスは何か言いたそうにしながらも話を続ける。

「それはない。いきなり宣戦布告してきた帝国には、貴族たちも懐疑的だからな」

「意外に冷静だな？　俺の首を狙っているのかと思ったのに」

「そういう奴らもいるだろうが、帝国の狙いが読めないのが原因だ。太古の戦争が終わっていなかった、なんて説明しても信じる奴らは少ないからな」

肩をすくめるユリウスの言葉に、俺は呆れて手で顔を隠す。

「マリエから聞いたのか？」

答えるのはジルクだった。

「ええ、全て話してくれましたよ。自分が転生者であり――」

ジルクの言葉をクリスが奪う。

「――リオンが前世の兄であると聞いた。どうして黙っていた？」

ジルクはやや不満そうにしながらも、他の四人と同様に俺を睨んでくる。

正直に言えば、俺はマリエの行動に困惑していた。

「マリエが全部話したのか？　あの馬鹿、何を考えているんだ」

目頭を指で挟む俺に、グレッグが大きなため息を吐く。

「最初から言ってくれれば、俺たちも変な勘ぐりをしなくて済んだ。黙っているなんて水くさいぞ」

俺は五馬鹿たちの顔に視線を巡らせると、全員が信じ切った顔をしている。

――信じられない。

「本当にマリエの話を信じたのか？　あり得ないだろ」

頭を振る俺に、ブラッドは何が可笑しいのか笑っていた。

「あり得ないだって？　僕たちがマリエを信じるのが、そんなにおかしいのかな？　僕たちからすれば、リオンが彼女たちに真実を黙っている方が不誠実に見えるよ」

唖然としていると、ユリウスがブラッドの言葉に深く頷いていた。

「マリエは俺たちを信じて真実を話してくれた。ならば、その気持ちに応えてやるのが、恋人である俺たちの役目だ。お前はアンジェリカたちに話さないのか？」

俺は変な笑いがこみ上げてくる。

馬鹿だ、馬鹿だ、と思っていたが、こいつらは本物の大馬鹿者たちだ。

「騙されやすいお前たちと違って、あの三人はまともだから信じないよ」

俺の言葉に五人が頬を引きつらせていた。

グレッグが声を大きくする。

「お前は本当に嫌みの多い奴だよな！」

他の四人も「こいつは本当に口が悪い」とかグチグチ言っていた。

顔を背けるグレッグに、俺は俯いてから言う。

「――悪かったよ。お前らには感謝している」

医務室に静寂が訪れると、五人が酷く驚いた顔をしていた。

ブラッドが首をゆっくりと左右に振る。

「あのリオンが礼を言うなんて信じられない」

礼を言ったくらいで大騒ぎしすぎだろ。

◇

自室に戻った俺は、薬を飲んでからベッドに横になった。

睡眠薬が効果を発揮するまで、側にいたルクシオンと話をする。

「――あいつらを連れて来たのはお前だな？」

『はい。ついでに、決闘でマスターの不利になる様に動きました』

少しは悪いと思っているのか、僅かに申し訳なさそうな電子音声だった。

そのまま、ルクシオンは俺に謝ってくる。

『申し訳ありませんでした』

「お前が素直に謝るなんて珍しいな。他にも隠し事があるんじゃないのか？」

鎌をかけてみるが、ルクシオンは易々と答えてくれない。

『今のマスターに必要なのは、休息と共に戦う仲間です。彼らは頼りになります』

「あんなに強くなっているとは思わなかったよ。俺は薬を使ってもユリウスに勝てなかった」

無茶をしても五馬鹿に勝てなかった。

自分が情けなくなってくる。

『ユリウスはマスターを止めるために無茶をしていました。能力だけで言えば、勝利していたのはマスターです。ただ、精神的な面でユリウスが勝っていました』

「――そうか」

段々と睡魔が襲ってくる。

まぶたを閉じると、ルクシオンが俺に言う。

『皆がマスターを助けようとします。マスターはこの世界に必要な存在です』

「俺はそうは思わないけどな」

『信じられないのですか？』

「自分のことを一番信じていないのは俺だよ。俺がいなければ、こんな展開にはなっていなかったはずだ。——さっさと終わらせて——あいつらのため——にも——平和な世界——に」

眠気に逆らえず、ルクシオンとの会話を中断した。

◇

アンジェは夜に学長室を訪ねていた。

机に向かって書類仕事を片付けているのは、学園長であるリオンの師匠だ。

アンジェを前にして、師匠は微笑む。

「何かご用ですか？」

下校時間は過ぎ、校舎への生徒の立ち入りは禁止されている時間帯だ。

それを責めないのは、アンジェが来た用件に察しがついているからだろう。

アンジェは呆れと驚きが交ざった顔をしている。

「今日は驚かされることばかりです。まさか、あなたが先代の王弟であるとは気付きもしませんでした」

先代の王弟――ローランドにとっては叔父になる。

つまりは王族である。

アンジェが師匠の名を口にする。

「【ルーカス・ラファ・ホルファート】――正式には二位下の宮廷貴族で、爵位は公爵。記録から抹消されていては、調べようがありませんね」

領主貴族では、公爵の爵位を持つのは大公になったリオンを除いて二人のみ。

一人はヘルトルーデだが、彼女は公爵代理だ。

もう一人は、アンジェの実家であるレッドグレイブ公爵家。

宮廷貴族として、その爵位を持っているのがルーカスだった。

ルーカスの微笑みが消えて、悩ましい顔をする。

どうやら、この話題は好まないらしい。

「――陛下が教えたのですか？　階位も爵位も返上したというのに」

アンジェが机に両手を乗せ、ルーカスに顔を近付ける。

「今の陛下との間で継承権争いが起き、身を引いたと聞かされていました。ですが、名を変えて王都に残られていたのですね。――本来ならば、あなたが王位を継ぐはずだった」

ルーカスがため息を吐く。

「確かに当時の私はもっとも王位に近かったでしょう。陛下は若い頃から遊びが過ぎており、貴族たちの受けが悪かった。相対的に私の方が品行方正に見えたのでしょうね」

「違いますよね？　父上が全て話してくれましたよ。人品と能力から考えても、学園長が相応しかった、と。あなたは権力争いが嫌になり、王位から逃げたのでしょう？」

権力争いに疲れて逃げ出した――当時はそんな噂が流れていたそうだ。

ルーカスは否定する。

「確かに逃げ出しましたが、理由は違います。私が王になっていたとしても、この国は変えられなかった。だから、可能性のある陛下に託したのです」

アンジェはローランドからの言葉を伝える。

「『今度は逃げるな』――陛下からの伝言です。相当恨まれているようですね」

「嫌がる陛下に王位を押しつけましたからね。しかし、今の私は何の力もない学園の長に過ぎません」

自分には力がないと言うルーカスの言葉をアンジェは信じない。

「陛下が言っておられました。未だに古い付き合いが残っており、学園長の力は侮れない、と。あなたを慕うリオンが覚悟を決めたのです。どうか、その力をお貸し下さい」

詰め寄るアンジェに、ルーカスはしばらく黙っていた。

それから、小さくため息を吐いて表情を緩める。

「過分な評価ですね」

「あなたはリオンが認める師です。今度こそ逃げないで頂きたい」

「私としては弟子ではなく、友でありたいのですけどね」

そう言って、ルーカスは席を立つと表情を引き締める。

「私は彼にも理想を押しつけ、陛下のように苦しめてしまいましたからね。大人として責任を取る時が来たのでしょう」

覚悟を決めてくれたルーカスに、アンジェは礼を言う。

「ありがとうございます。あなたが立てば、リオンもきっと喜びますよ」

ルーカスは少し照れくさそうにしていた。

「私の伝手を使ってミスタリオンを助けましょう。それで、協力はどれだけ得られるのですか？」

どれだけの戦力を集められるのか？　その問いに、アンジェは答える。

「不明です。ただ、近い内に結果が出るでしょう」

アンジェが協力を取り付けたのは、レッドグレイブ家を中心とした派閥と王家だ。

レッドグレイブ家は力を貸してくれるだろうが、同じ派閥の貴族たちがどこまで本気を出すかは未知数だ。

説得は続けてもらっているが、理解を得られなければ最低限の戦力しか寄越さないだろう。

王家は全盛期と比べて疲弊しているため、こちらも戦力に不安がある。

ルーカスも気付いているのか、気を引き締めていた。

「全てはこれからですか」

第18話「偽者の聖女」

五馬鹿がリオンを捜しに向かっている間、マリエはある場所に来ていた。

王都にある荘厳《そうごん》な建物には、多くの人々が祈りを捧げに来ていた。

神殿——ホルファート王国で大多数が支持している宗教施設だ。

王都にある本山である神殿の長い階段を上り、マリエが近付くと神殿騎士たちが持っていた槍を構える。

彼らは神殿に使える騎士であり、仕えるべき主君は神殿が崇める神と聖女だ。

そんな彼らからすれば、二年前に聖女を騙ったマリエは忌むべき存在だった。

「何をしに来た、この罰当たりが！」

「この場所に近付いてはならんと言ったはずだ！」

槍を向けてくる神殿騎士二人を見て、周囲の民たちが騒ぎはじめる。

マリエは気にせず前に進むと、槍で進路方向を邪魔された。

「止まれと言って——へ!?」

マリエは二人の槍をそれぞれ握ると、その膂力《りょりょく》で二人を投げ飛ばしてしまう。

魔力がマリエの体を覆っていた。

淡い白い光に包まれたマリエは、そのまま建物の中に入っていく。

両開きの扉は、祈りを捧げに来た人々を受け入れるために開け放たれていた。

建物の奥にあるのは、白く美しい女性の像だった。

聖女――磨かれた白い輝きを放っている像には、金色の装飾がされている。

右手に金色の杖を持ち、左手首には腕輪を装着していた。

首飾りまでしており、その姿を見たマリエは目つきを鋭くする。

騒ぎを聞きつけ神殿騎士たちが集まり、神官たちも姿を見せる。

一番偉そうな神官は、歩くのも辛そうな程に太った男性だった。

大柄で、太い指には大きな宝石がついた指輪を幾つも装着している。

マリエから見れば俗物的に見えるが、神殿には質素を貴ぶような教義がない。

「お前のような者が神聖な場所に立ち入ることは許さぬ！　神殿騎士たちよ、奴の首をはねることを許す！」

大神官と思われる男性の言葉に、他の神官たちが戸惑っていた。

「しかし、取引ではあの娘は見逃せと」

「この場に立ち入らぬことも条件にいれていた。取引を破ったのはこの娘だ！　さぁ、聖女様の裁きを受けよ！」

神殿騎士たちが武器を手に持ってマリエに近付いてくる。

だが、マリエ本人は彼らなど眼中になかった。

見ているのは聖女の道具――あの乙女ゲーのキーアイテムだ。

「今の私には力が必要なの。一度は認めてくれたなら――今回だけは力を貸して」

語りかけるのは、応えることのない聖女の像だ。

慈しむように微笑む聖女の像は、当然だがマリエに応えることはない。

大神官がそんなマリエを鼻で笑う。

「何を言っている？　お前のような者に、聖女様が応えるものか。さぁ、そいつを八つ裂きにするがいい！」

頭に血が上った神殿騎士たちが、マリエに斬りかかろうとする。

マリエはその場を動かずに、聖女の像に右手を伸ばす。

「兄貴を助けるために力がいるのよ。だから――さっさと力を貸しなさいよ！」

叫び声に反応したのは、聖女の像ではなく金色の装具たちだ。

聖女の腕輪が像の左腕を破壊し、マリエに向かって飛んでくると左腕に装着された。

杖が右腕を破壊し、マリエの目の前に飛んできて床に突き刺さった。

首飾りは聖女の像の首を破壊して、マリエに飛んでくるとそのまま装着される。

三つの装具がマリエを認め、迫り来る刃を神殿騎士たちごと全て弾き飛ばす。

マリエを中心に発生した衝撃波に吹き飛ばされた神殿騎士たちは、柱や壁に激突すると痛みに悶えていた。

マリエは右手を伸ばして杖を握ると、装具に語りかける。

「ありがとう。もう一度だけ私に力を貸して。今度こそ間違えないために」

リビアから聖女の地位を奪い取った時とは状況が違う。

自分のためではなく、今は兄のために――リオンのために聖女の力が必要だった。

大神官がワナワナと震えている。

「どうして聖なる装具が偽者を認めるのだ？　こんなことがあってなるものか。あってはならない！」

大神官を無視するマリエは、周囲に転がる神殿騎士たちを見る。

先程の攻撃により、彼らは立ち上がれないようだ。

杖を握りしめたマリエは、目を閉じて聖女の力を使用する。

「悪かったわね。今から治療するわ」

そう言うと、マリエを中心に温かな白い光が発生して神殿内を覆いつくした。

光が収まる頃には、神殿騎士たちは体の痛みが消えて驚いていた。

「す、凄い。もう全然痛くないぞ」

「こんな回復魔法は初めてだ」

「まさかこの方が本当に聖女様なのか？」

神殿騎士たちがマリエを見る目は、先程と違っていた。

神官たちは驚いて声も出ず、大神官に至っては尻餅をついてマリエを指さしている。

血の気の引いた顔をしていた。

「も、もしや、あなた様が本当に聖女様なのですか？」

マリエはニヤリと笑みを浮かべると、杖を床から引き抜いてそのまま肩に担ぐ。

「そうよ。さっさともてなしなさい」

堂々とした振る舞いに、神官たちが顔を見合わせ、床に座り込んで頭を下げてくる。

神殿騎士たちは片膝をついて頭を垂れていた。

大神官が不格好な姿で土下座する。

「どうかご容赦下さい！　我々はあなた様が偽者だと思い込んでいたのです！　す、すぐに聖女様に相応しい待遇でお迎えいたします」

震えている大神官を前に、マリエは好待遇を蹴る。

「いらないわ。それよりも、聖女にまつわる書物が保管されているわよね？　すぐに案内してもらうわよ」

大神官が顔を上げ困惑していた。

「書庫でございますか？　聖女様ならば閲覧可能ですが――」

「いいのよ。早く案内して」

「た、直ちに！」

マリエが言うと、大神官が慌てて女性の神官たちを呼んでマリエを案内させる。

書庫に向かうマリエは、これでようやく望んだ物が手に入ると確信する。

（いざという時のために私には聖女の力がいる）

これから向かう書庫にあるのは、聖女が記した特別な魔法が記された書物たちだ。
聖女が使用したとされる伝説とされる魔法の数々。
聖女の資質と、聖女の装具があってはじめて使用可能な魔法たち。
マリエはその魔法を一つでも多く覚えるつもりだった。
(私は二度と、兄貴を失ったりしない)

第19話「参集」

王都近郊に飛行戦艦の艦隊がやって来た。

王国軍の飛行戦艦一隻が、近付いてくる艦隊に接近してくる。

大砲をいつでも撃てるようにし、甲板には鎧が出てきていた。

いつでも戦闘ができる状態にした彼らは、艦隊の所属を見て警戒している。

『ファンオース公爵家の家紋だと!? 貴様ら、何のつもりだ!! どうして王都まで接近できた!!』

焦りと怒りが入り交じった艦長の声に、ブリッジにいたヘルトルーデは辟易する。

「このやり取りは何度目だったかしらね？」

チラリと視線を向けた先にいたのは、用意されたシートに座るリビアだ。

ファンオース家の軍人からマイクを受け取ると、外部マイクで返答する。

「私はバルトファルト大公の婚約者であるリビアです。許可は得ているので、彼らを通して下さい」

『大公様の!?』

驚いた艦長が、マイクを切り忘れたのか部下たちとの話し声が聞こえてくる。

どうやら、ちゃんと指示が伝わっていなかったらしい。

『その、リビア様が戻られるという連絡しか来ておりませんでしたが？』

「問題ありません。どうか通して下さい」

『か、確認して参ります』

王都を前にして立ち往生することになり、ヘルトルーデはため息を吐く。

こんなやり取りが何度も続いているので嫌になったのだろう。

ただ、これには理由がある。

二年前に旧ファンオース公国と戦争があり、その際の苦々しい経験から王国軍が警戒しているためだ。

「随分と混乱しているわね。今なら私たちだけでも王都を滅ぼせそうだわ」

危ない発言をするヘルトルーデに、リビアは顔を向けて微笑む。

その笑みはリビアらしく優しげだったのだが、ヘルトルーデには挑発的に見えた。

「リコルヌがいるので無理ですね」

リビアに断言されたヘルトルーデは、面白くなさそうにする。

それが事実だと理解しているからだ。

「言ってみただけよ。――あら？　どうやら、ゲストは私たちだけではないみたいね」

ヘルトルーデの視線が向かう先には、見慣れない艦隊の姿があった。

他国の飛行戦艦だろう。

家紋を見ると――。

「――アルゼル共和国ですね」

リビアが答えると、ヘルトルーデは遅れて思い出す。

「あの国が艦隊を派遣するなんて凄いわね。今は自国の守りだけで手一杯でしょうに」

リビアが胸に拳を当てる。

「ノエルのおかげです。彼女がアルゼル共和国を説得してくれました」

厳しい状況で戦力を割いてくれたアルゼル共和国に、リビアは感謝をしていた。

ヘルトルーデは口角を上げる。

「それだけじゃないと思うわよ」

「え？」

首をかしげているリビアに、ヘルトルーデは先程の仕返しとして答えなかった。

◇

王宮の一室。

アルゼル共和国から来た代表者が来ていると聞いて、ノエルは急いで部屋に入った。

ドアを開けて中に入ると、待っていたのは双子の妹【レリア・ジル・レスピナス】だった。

ノエルと違いピンク色一色のサラサラした髪を左側でサイドポニーテールにし、緑色の瞳をしている。

ノエルよりも痩せているのは、聖樹の巫女として日々忙しいためだろう。

少しやつれたレリアを前に、ノエルは肩で息をしていた。

「レリア！」

名前を呼ぶと、ソファーに座っていたレリアが苦笑しながら立ち上がる。

「久しぶりね、姉貴」

ノエルがレリアに抱きつき、涙を流す。

「来てくれてありがとう。本当にありがとう」

泣いているノエルの背中に、レリアは手を回して優しく抱きしめる。

レリアも少し涙ぐんでいた。

「負けたら私たちも終わるんでしょ？　力を貸すなんて当然だわ」

「あんたまで来てくれるとは思わなかったから」

「一緒に来ないとエミールの制御ができないわよ」

「え？」

エミールという名前に驚いていると、ソファーに座って少し居心地が悪そうにしていた男性が咳払いをしてから説明する。

彼は【アルベルク・サラ・ラウルト】だ。

細身の高身長で、ストライプ柄のスーツを着用している。

目つきが鋭く、整えられた髭――やや強面という印象だ。

「共和国の聖樹はエミールと呼ばれていてね。旗艦に積み込んでいる」

ノエルたちと同じように、聖樹を持ち込んでいた。

アルベルクは飛行船についても話をする。

「共和国の飛行戦艦だが、以前にイデアルが用意した物だ。数は少ないが、性能は保証するよ。君たちも知っているだろうけどね」

アルゼル共和国が派遣した艦隊は、本国を守るべき精鋭中の精鋭だった。

数こそ少ないが、アルベルクとレリアがいる時点で本気度がうかがえる。

「本当にありがとうございます。二人がいてくれると心強いです」

これでリオンの役に立てる――そう思ったのだが、アルベルクとレリアが顔を見合わせて苦笑していた。

ノエルが首をかしげると、レリアが事情を話す。

「姉貴、ここに来たのは私たちだけじゃないのよ」

◇

「姉御ぉぉぉ!!」

別室にてマリエと面会を果たすのは、白のスーツに白のマント姿の【ロイク・レタ・バリエリ】だった。

赤毛のショートヘアーの彼は、マリエと面会するなり泣き崩れてしまう。

「ロイク、あんたも来てくれたのね」

マリエがロイクを抱きしめ、背中をさすってやる。

涙を拭いながら、ロイクは共和国の事情を話す。

「姉御のピンチに駆けつけるのは当然ですよ！　ユーグの野郎が反対してきましたが、俺が殴って黙らせました！」

艦隊を派遣する際に、アルゼル共和国内で揉めたのだろう。

だが、強引に派遣を認めさせたというロイクに、マリエは苦笑してしまう。

「過激なことをしているわね。でも、ありがとう。本当に助かったわ」

「姉御のためなら、これくらい平気ですよ！　それより、姉御は以前よりも何だか――」

久しぶりにマリエに面会したロイクは、違和感を抱いていた。

マリエが立ち上がる。

「魅力に磨きがかかっているでしょう？　私ってまだ成長期だからね」

ウインクをするマリエに、ロイクは顔を赤くする。

「はい！　以前も綺麗でしたが、今はもっと綺麗です！　何だか、神々しい雰囲気をまとっているので驚いてしまいました！」

素直なロイクに、マリエの笑顔に一瞬だけ影が差した。

だが、すぐに明るい笑顔を取り戻す。

「ありがとう。それから、あんたにも期待しているわよ」

「任せて下さい。姉御がいない間、俺も実戦で鍛えられてきましたからね」

共和国は復興の最中であり、隙を突くように空賊や他国から攻められているようだ。

攻め込んでくる敵に対処するのは、ロイクたちの役目だったらしい。

積み重ねた経験もあって、ロイクは以前よりもたくましく見えた。

そんなロイクが周囲に視線を向ける。

「あれ？　普段から邪魔をしてくるあの五人はいないんですか？　大公様にも挨拶をしたかったんですが？　急ぎで伝えたいこともありますし」

ロイクの反応に、マリエはどう答えるべきか悩んでいた。

だが、ロイクは自ら答えを出す。

窓の外を見て一人納得していた。

「あぁ、今戻られたんですね。アインホルンを見るのも久しぶりですよ」

マリエがすぐに窓の外を見ると、遠くにアインホルンの姿が見えた。

(あの五人が兄貴を連れ帰ってくれた。本当に良かった)

◇

王宮にやって来ると、出迎えてくれたのは意外にもロイクだった。

「お久しぶりですね」

ノエルにストーカーをしていた頃とは違い、性格の丸くなったロイクは笑顔で俺たちに手を振ってくる。

その姿を見た五馬鹿たちが、一斉に不機嫌になっていた。

「貴様がどうしてここにいる？」

低い声で尋ねるユリウスに、ロイクは肩をすくめていた。

「それが艦隊を派遣した友好国の人間に対する態度かな？　さっきまで姉御と面会していたから、ついでに挨拶をしようと顔を出しただけだ」

マリエと面会していたという事実に、五馬鹿たちの表情が更に険しくなっていた。

ブラッドがロイクに詰め寄っている。

「マリエに不埒《ふらち》なことをしたんじゃないだろうね！」

「姉御に失礼なことはしない。それよりも、大公様に知らせておくべきことがあります」

ブラッドを無視するロイクは、俺の方を見ると焦っているような顔をしていた。

挨拶にしては様子がおかしい。

「俺に？」

首をかしげると、ロイクは何とも言えない顔をする。

視線をさまよわせながら、言葉を選んでいるようだ。

「実は――ルイーゼが来ておりまして」

「ルイーゼさんが？」

アルゼル共和国で知り合った女性の名前だ。

懐かしさを感じていると、ロイクが続きを話す。

「大公様と面会する部屋に自分が案内したんです。ただ――まぁ、なんと言いますか――」

言い難そうにするロイクに、苛立っていたジルクが口を挟んでくる。

「こちらは時間がないのです。さっさと言って欲しいですね。それとも、何か問題でも起こしたんですか？」

ジルクの嫌みに、ロイクはムッとするが俺との話を優先する。

「案内された部屋に、他の女性たちがいたんですよ」

冷や汗を流しているロイクの反応に、俺は困ってしまう。

「案内する部屋を間違えたのか？」

「いや、そういう問題ではなくてですね。――大公様に面会する女性は、その部屋に通しておけと指示がありまして」

何が言いたいのか？　理解できない俺とは違い、ユリウスたちの反応がおかしい。

皆が冷や汗を流している。

ユリウスがグレッグに視線を向けていた。

「おい、どう思う？」

「どう思うってそれは――」

グレッグが答えに困っていると、クリスとブラッドも何やら相談をはじめる。

「嫌な予感がするな」

「僕も同じだよ。そもそも、これはリオンの問題で、僕たちが口出ししていい問題じゃないよ」

そして、ジルクがユリウスに提案する。

「殿下、リオン君のお客人が待っているようなので、我々は別行動をしませんか？　一緒に面会するのも失礼と言いますか――ぶっちゃけ、巻き込まれたくありません。十中八九、クラリスも同席しているでしょうからね」

元婚約者であるクラリス先輩の名を出すジルクは、何やら気分の優れない顔をしていた。

こいつらも疲れているのだろうか？

俺は小さくため息を吐き、五馬鹿に休むよう促す。

「お前たちは先に休んでいいぞ。ロイク、案内してくれよ」

ロイクに案内を頼むと、何故か顔を背けられた。

「いえ、自分はこれから用事がありまして」

拒まれた俺だが、案内ならばルクシオンがいるので問題ない。

ルクシオンに視線を向ける。

「だとさ。ルイーゼさんのいる部屋はわかるか？」

『はい。案内は任せて下さい。ただ――』

ルクシオンは俺に、わざわざ確認を取ってくる。

『――本当に面会するのですか？　今なら面会を後回しに出来ますが？』

ルイーゼさんを待たせているのは、俺個人としても落ち着かない。

せっかくアルゼル共和国から来てくれたのだから、面会しておきたかった。

「別に問題ないだろ。ほら、行くぞ」

『――はい、マスター』

◇

リオンとルクシオンが、ルイーゼたちと面会するため去って行く。

その後ろ姿を見送る五馬鹿とロイクは、リオンに頼もしさを感じていた。

グレッグがリオンに対し、申し訳なさそうにしている。

「すまねぇ、リオン！　俺は――オマエの役に立ててない！」

そんなグレッグを慰めるのは、性格の悪いジルクだった。

しかし、この場に限っては性格の悪さがなりを潜めている。

リオンにも同情的だった。

「この手の問題に我々は無力ですからね。――リオン君が、無事に戻って来るように祈っておきましょう」

ユリウスは、遠ざかるリオンの姿を見ていた。

「あいつの鈍さには苛立ちもしたが、こういう時は頼もしさすら感じるな」

何も知らずに女性陣が待つ部屋に向かうリオンに、五馬鹿とロイクたちは頼もしさを覚えていた。

——修羅場が待っていると思われるリオンが、無事に帰ってくるよう祈る男性陣だった。

◇

部屋に向かう途中で、俺はルクシオンと会話をしていた。

「アルゼル共和国が来ているのは知っていたが、まさかロイクも一緒だとは思わなかったな」

『イデアルが残した虎の子の飛行戦艦を派遣してきましたね。アルベルクやルイーゼが、裏で手を回してくれたのでしょう』

「——ありがたいな」

誰の助けもいらないと思っていた。

だが、助けてくれる人たちがいるというのは、とても心強い。

「ファンオースの艦隊もいたな」

『王国の貴族たちも艦隊を派遣していますね。——バルトファルト家の飛行戦艦も確認済みです。後で怒られて下さいね』

親父か兄貴、もしくは両方が来ているのだろう。

俺のしたことを考えると、怒られても仕方がない。

「ぶん殴られても文句は言わないさ。それより、向かっている部屋にはアンジェたちもいるのか？」

『いえ、それが――』

ルクシオンが答えを濁していたら、目的の部屋に来たのでノックをする。

中から返事があったのでドアを開けて中に入ると。

「あらあら、随分と無茶をしてきたのね。少し痩せたんじゃないの？」

部屋の中にいたのはクラリス先輩だった。

「行方不明と聞いていましたが、無事なようで何よりですわ」

扇子を開いて口元を隠しているのは、ディアドリー先輩だ。

二人が部屋にいるのは別に驚かない。

言っても王国貴族の娘たちだから、用件があれば王宮にいてもおかしくないからだ。

しかし、残りの二人は珍しい。

「相変わらず面倒事に巻き込まれるわね」

「お久しぶりです、ルイーゼさん。お姉ちゃんと呼びましょうか？」

彼女は【ルイーゼ・サラ・ラウルト】だ。

肩まで伸びたイエローブロンドの髪に、紫色の瞳――グラマラスな体形の持ち主は、アルゼル共和国で世話になったルイーゼさんだ。

お姉ちゃん、と冗談で呼ぶと少し顔を赤らめていた。

俺に歩み寄ってくると、右手を伸ばしてきて左頬に触れてくる。

「冗談が言えるなら大丈夫そうね。元気そうで安心したわ」

「勿論ですよ。元気なら売るほどありますから」

「売るほどはないでしょうに。嘘吐きも変わらないのね」

和やかな会話をしていると、ヘルトルーデさんが会話に割り込んでくる。

「そろそろいいかしら？　私は彼と話があるのよ」

俺が首をかしげていると、クラリス先輩が笑顔を向ける。

本心を隠すような笑顔に見えたのは気のせいだろう。

「それは奇遇だわ。私もリオン君に大事な話があるの。それなのに、どうしてお邪魔虫が三人もいるのかしらね？」

クラリス先輩が視線を他の女性陣に巡らせると、ディアドリー先輩が扇子を閉じた。

「この部屋に他の者がいる時点で気付くべきでしたわね。アンジェリカ――いえ、ミレーヌ様の采配かしら？　意地の悪いことをしますわね」

どうしてアンジェとミレーヌさんの名前が出てくるのか？

現状を理解できていない俺に、ルイーゼさんが話しかけてくる。

「リオン君、ちょっとお姉さんからお話があるんだけど、聞いてくれないかしら？」

「話ですか？」

チラリとルクシオンを見れば、まだ次の予定まで時間があるのか頷いていた。

俺も頷くと、ルイーゼさんが手を合わせる。

「ホルファート王国に艦隊を派遣したけど、うちの国も結構無茶をしているの。だから、何かしら見返りがないと、戻ってもユーグたち反対派を説得できないのよ。――協力してくれるかしら？」

少し俯き、上目遣いでお願いしてくるルイーゼさんは、しばらく見ない内に、より大人の女性になった気がする。

アルゼル共和国だが、ホルファート王国を救うために無茶をしているようだ。

対価を求めてくるのは、国家として当然だろう。

この話をルイーゼさんがすることには、少しばかり違和感があるけど。

ヘルトルーデさんまでもが便乗してくる。

「無茶をしているのはファンオース家も同じよ。王国を助けても、それで終わりでは困るのよ」

二人の言い分はもっともである。

俺がルクシオンを見ると、代わりに報酬の話をする。

『現状ですと白金貨を用意できます。他にも希望する品があれば――』

俺が個人的に報酬を用意する、という話に待ったをかけるのはクラリス先輩だ。

「勝手に話を進めては駄目よ。そちらは国同士の話でしょう？　リオン君に相談するのは筋違いだわ」

この意見に、ディアドリー先輩も同調する。

「そうですわよ。それに、報酬というならばこちらが先ですわ。今回のために、動いているのは国内の貴族たちも同じでしてよ。もちろん、ローズブレイド家も全力で協力していますわ」

クラリス先輩や、ディアドリー先輩の実家も動いている。

ルイーゼさんやヘルトルーデさんを優先すれば、面白くないわけだ。

俺が考え込むと、ルクシオンが耳打ちしてくる。

『マスター、様子がおかしいと思いませんか？』

「何が？」

『四人を見て下さい』

視線を四人に巡らせると、向かい合って微笑みながら話をしていた。

ルイーゼさんとクラリス先輩が。

「自国の問題でしょう？　見返りを求めるなんておかしいと思うの」

「そちらも無関係ではないと思うのだけど？　でも、無関係だと言うなら、外国の姫が口を挟まないで欲しいわね」

ディアドリー先輩とヘルトルーデさんが。

「公国の復活でも目論んでいるのかしら？　戦後に新しい陛下から恩赦が出るのを期待して待っていなさいな。――口添えはしてあげるわよ」

「あなたたちが不甲斐ないから、ファンオース家は動いたのよ。王国も誠意を見せてくれないとね」

ニコニコしている四人を見て、俺は理解した。

「貴族的な話ってやつだな。他の誰よりも多く報酬を得たいのさ」

俺も貴族社会に生きている人間だから、四人の笑顔が本物ではないことくらい見抜いている。

俺を説得して、自分たちが報酬をより多く得るつもりなのだろう。

そのため、四人がお互いに牽制し合っている、と。

貴族的な会話を理解するなんて、俺も随分と貴族社会に馴染んだようだ。

『――本当にそう思いますか？』

「それより、この部屋ってちょっと寒くないか？」

『えぇ、そうですね』

廊下にいた時よりも寒く感じる。

ルクシオンが次の用件が迫っていると知らせてくる。

『想定していたよりも時間がかかりますね。このままでは、次の予定に支障が出ます』

「わかった」

俺はまだ言い合いを続けている四人を見て、注意を引くため手を叩く。

四人が俺の方を向いたので、この話を終わらせるために言う。

「事情は理解しました。報酬の件は俺が責任を持ちますよ」

すると、ヘルトルーデさんが微笑を浮かべる。

背丈や体形は以前と変わらないはずなのに、随分と大人の色気を感じるようになった。

公爵代理として、貴族社会で揉まれた結果だろうか？

嫌でも大人になるしかなかった姿に、俺は少しばかり同情する。

「あなたの名前で責任を取ってくれるのかしら？　一筆書ける？」

「それで気が済むなら」

出来れば思い出話に花を咲かせたかったが、あまり時間もない。

名残惜しいが、サインだけ済ませてこの場は退席するとしよう。

クラリス先輩が、少し不満そうにしていた。

「――まぁ、仕方がないわね」

ディアドリー先輩は口元を扇子で隠して笑っている。

「何だか申し訳ありませんわね。ですが、チャンスは逃せませんものね」

ルイーゼさんは、俺の顔を見るとニッコリと微笑んでいた。

「お父様にいい報告ができそうだわ」

それは何より。

ヘルトルーデさんがこの場で書類を用意しはじめると、他の三人があれこれ指示を出していた。

出来上がった内容だが、簡単に説明すると「俺がこの場で四人に望むものを用意すると約束した」とある。

もっと難しい言葉で書かれているが、大まかな内容は同じだ。

ヘルトルーデさんが頷く。

「まぁ、口約束よりはいいでしょう。後で反故《ほご》にしないことを願うわ」

サインを済ませた俺は、苦笑しながら言う。

「信用ないな。――ほら、ちゃんとサインをしたぞ」

「確認したわ。それじゃあ、また今度ね」

そう言って、四人との話し合いはこれで終わった。

◇

謁見の間の控え室に到着すると、まだ誰も来ていなかった。

椅子に座ると、ルクシオンが先程の件を注意してくる。

『あのような曖昧な契約は結ぶべきではありませんでしたね。まぁ、あの四人が後で禍根《かこん》となる契約を結ぶ可能性も低いでしょうが』

難色を示しつつも、口を挟まなかったのは四人を信用しているからだろう。

「問題になるようなら、クレアーレにでも丸投げすればいい」

『まさか――最初から反故にするつもりだったのですか？』

ルクシオンが俺の真意に気付いたようだ。

俺は彼女たちに申し訳ない気持ちを抱きながら、ルクシオンに言い訳をする。

「俺が生きて戻れる確率は低いだろ？　騙すようで悪いが、あの場で死ぬかもしれない、なんて言って場の空気を悪くしたくなかった」

生きて帰れる保証はない。

だが、あの場で今生の別れという雰囲気を作りたくもなかった。

『だから安易に契約を結んだのですか？』

「あの場で不安にさせたくなかったからな」

四人には申し訳ないが、俺が戻ってこられなかったら――その時は嘘吐きと罵ってもらうとしよう。

後でルクシオンに金銭でも用意させて、出発前に渡しておけば許してくれるだろうか？

会話が途切れると、そのタイミングで控え室にアンジェが飛び込んでくる。

「リオン！」

「アンジェ」

席を立つと、ウェディングドレスを赤く染めたような服を着用したアンジェが立っていた。

髪をセットし、化粧を済ませている。

俺を見る目が潤んでいた。

泣き出しそうな顔で俺の胸に飛び込んでくると、そのまま額を押しつけてくる。

「もう、戻ってきてくれないかと思った。お前に二度と会えないかと思って怖かった」

「ごめん」

「何度も何度も、お前は私の心を弄《もてあそ》ぶ。本当に最低な男だよ」

「捨ててくれてもいいさ」

そう言うと、アンジェが顔を上げる。

涙を流しながら満面の笑みを浮かべていた。

「お前が嫌がっても捨ててやらない。だから――私を捨てないでくれ」

アンジェの言葉に涙が出てくる。

泣き顔を見られたくないので、アンジェを抱きしめた。

何も答えなかったが、アンジェには気持ちが伝わったらしい。

アンジェはそのまま、俺に現状を知らせてくる。

「お前のために、可能な限り戦力を集めた。国内の貴族や騎士、それに軍人たちも謁見の間に来ている。――お前の言葉を待っている」

「きっと文句を言われるな」

「どうかな？　だが、彼らをまとめるために随分と無茶をした。リオンにもかなりの負担をかけることになる。今ならまだ間に合うぞ」

今更俺が拒否をして、アンジェの努力を無駄にするのは気が引ける。

それに俺には後がない。

どれだけの負担だろうと構わない。

――生きて帰ったら、愚痴を言いながらでも全ての負担を背負ってやるさ。

「構わないよ」

「本当に良いのか？　だってお前は――」

今ならどんな苦労も背負っていいと思えた。

だって、アンジェが――こんな俺のために行動してくれたのだから。

「いいんだ。――アンジェ、ありがとう。本当にありがとう」

「礼を言うなら、リビアとノエルにも言ってやれ。ファンオース家と共和国を動かしたのは、あの二人だからな」

「必ず伝えるよ」

そのまま抱きしめ合っていると、ドアがノックされた。

アンジェが俺から離れる。

「時間だ。行ってこい、リオン」

俺は泣き顔を見られないようにアンジェに背を向け、普段通りに見せるためおどける。

「大勢の前に出るのは苦手だし、口下手だから演説も苦手だ。——失敗しても笑わないでくれよ」

「その調子なら問題なさそうだな」

アンジェがクスクスと笑っていた。

俺の横にいるルクシオンは、余計なことを言い出す。

『原稿は私の方で用意しましょうか？』

「——悩ましいが、今回は止めておくよ」

『どうしてです？』

「せめて、俺自身の言葉で伝えたいからだ」

これから俺と一緒に戦ってくれる人たちに、自分なりに向き合いたかった。

◇

謁見の間に来ると、大勢の人たちが詰め掛けていた。

俺が入室すると高座に案内されるが、先程までざわついていた会場が静まりかえるのは不思議な気分だった。

ローランドやミレーヌさんが、高座を降りて並んでいるのは気になる。

二人の側に師匠の姿を発見すると、少しだけ落ち着いた。

五馬鹿も並んで参加しており、その近くにはロイクの姿もある。

レリアやアルベルクさんの姿もあった。

貴族たちも整列し、俺の言葉を待っているのが——何だか不思議に感じる。

罵声の一つでも飛んでくると思っていたが、中にはキラキラした瞳で俺を見ているモットレイ伯爵の姿もある。

親父たちは後ろの方で、俺がミスをしないか緊張した様子で見守っている。

それに——学生服姿の男子たちも参加していた。

ダニエルにレイモンド。貧乏男爵家のグループが、この場に来ていたことに少し驚く。

視線を巡らせ終わったところで口を開く。

「結成式をすると聞いて来てみたら、誰もいなかった——そんなことにならずに済んで、安堵しているのが今の正直な気持ちだ」

冗談を言ったが、謁見の間は静まりかえったままだ。

一瞬滑ったと思ったが、皆の顔は真剣そのものだ。

流してくれたと思って話を続ける。

「事情は聞いている前提で話を進める。ヴォルデノワ神聖魔法帝国が、ホルファート王国に宣戦布告した。このまま黙っていれば、奴らは必ず王国を滅ぼすと断言する」

公表できない情報もあるが、帝国が王国に戦争を仕掛けたのは事実だ。

その後に降伏勧告かと思えるような条件まで出して来た。

ホルファート王国の貴族たちは憤慨しているのだろう。

「帝国は強大だ。切り札まで持ち出して、俺たちを滅ぼそうとしている。だから俺は戦うと決めたわけだが――正直、俺はこんな国なんて滅んでもよかった」

ざわつく謁見の間だが、お構いなしに話を続ける。

「これまで何度も落胆させられてきた。それなのに、今日に限ってはどうだ？　外を見れば飛行戦艦の大軍だ。謁見の間には大勢が詰め掛けている。――今は、この国も捨てたものじゃないって思わせてくれたよ」

これまで散々、駄目な国だと思っていた。

それなのに、この一番大変な局面で一丸となれたのは奇跡だと思えてしまう。

この景色をアンジェたちが作ってくれた。

アンジェたちに視線を向けると、リビアとノエルの姿もあった。

近くにはマリエもいるのだが、聖女の装具を持っている。

白いワンピースのようなドレスを着用しており、周囲には神殿の関係者たちも控えていた。

――神殿の勢力を味方に付けたとは聞いたが、どうやら本当だったらしい。

「普段なら悪態を吐いて尻を蹴飛ばすのが俺のやり方だ。だけど、今回ばかりは違う。帝国は強くて、俺一人ではどうにもならない。だから――」

俺は一度天井を見上げてから、全員に視線を戻した。

「――どうか、この俺に皆さんの力を貸して下さい」

俺が頭を下げると、貴族たちを中心にざわめきが大きくなる。

「俺のためじゃなくてもいい。自分のために――誰か守りたい人のために、どうかお願いします」

今まで散々威張り散らしていた俺が、頭を下げるとは思ってもいなかったのだろう。

しばらく謁見の間がざわついていると、モットレイ伯爵が声を上げる。

「頭を上げて下さい。私はこの命をリオン様に捧げます。どうか、好きなようにお使い下さい」

顔を上げると、俺の前に歩み出てきたモットレイ伯爵が膝をついて頭を垂れていた。

その姿を見ていたヴィンスさんも声を上げる。

「我らは既に覚悟を決めているからこの場にいる。侮らないでもらおう」

モットレイ伯爵や、ヴィンスさんのおかげで貴族たちが口を開きはじめる。

「やれやれ、あのバルトファルト様が我らに頭を下げるとは予想外でしたな」

「一生に一度見られるかどうかでしょう」

「これを見られただけでも、参加した価値があると思えますよ」

冗談を言い謁見の間に笑いが広がっていく。

驚いている俺を見かねたのか、師匠が前に出て助け船を出してくれる。

「勘違いされているようなので訂正しましょう。ミスタリオン——我々はお願いされる立場ではないのですよ」

「師匠？」

全員が片膝をつき、俺を前に頭を垂れる。

そして、あのローランドが前に出て俺を前に恭しい態度を取っていた。

国王であるローランドまでもが、俺の前に膝をつく。

「リオン・フォウ・バルトファルト殿——どうか、今一度王国のためにそのお力をお貸し下さい。これが我ら全員の願いでございます」

あのローランドが冗談を交えず、皆の意見を代弁していた。

謁見の間にいた全員が、俺の前で頭を下げている。

若造が、と罵らず、戦え、と命令せず——ただ、助けて欲しいと願い出てきた。

お願いするべきは俺の方なのに。

一緒に戦って欲しいと、この場にいる全員が願い出てきた。

「感謝しますよ。——一緒に戦ってくれることを嬉しく思います」

この戦いだけは、絶対に勝たなければならない。

第20話「帝国最強の騎士」

帝国領の近くでは、ある浮島の近くに停泊しているアルカディアの姿があった。

本来であれば大陸中央に位置する帝都上空にいるべきだが、事情があって移動せざるを得なかった。

その理由というのが――。

『相棒、また来るぞ！』

「次から次にしつこい連中だ！」

――アルカディアを目指してやって来る旧人類の遺産たち。

目覚めた人工知能たちが、昼夜を問わずに攻撃を仕掛けてくるためだ。

人工知能たちも様々で、作業用としか思えないロボットから、巨大な飛行戦艦まで存在している。

どこで集結したのか、今回に限っては三隻の飛行戦艦とロボットたちの群れが襲いかかって来た。

その相手をしているのが、フィンとブレイブだ。

魔装を展開してロボットたちを斬り伏せていく。

「今までどれだけ隠れていたんだ？」

ロボットたちを見れば、苔が生えて一部が欠損している物が多い。

飛行戦艦にしても、完全な状態とは言えない。

フィン以外の魔装騎士たちも討伐に参加しているため、次々に撃破されていく。

『相棒、厄介なのが来る！』

「あぁ、見えているよ」

そんな戦場に飛び込んできたのは、ミサイルのような戦闘機だった。

人工知能を搭載したその兵器は、アルカディアに向かって突撃する。

「黒助、飛ばすぞ！」

『たまにはブレイブ、って呼んでくれよ』

魔装騎士たちが次々に抜かれ、敵はアルカディアに迫る。

ブレイブをまとうフィンが追いつくと、右手に持ったロングソードを振り下ろした。

「ミアのいる場所は俺が守る」

そう言うと、切断された戦闘機は爆発した。

『よし、これで後は残りを――ん？』

「どうした？」

『動きが変わった』

ブレイブがそう言うと、先程までアルカディアを目指していた人工知能たちに変化が起きていた。

ただ攻撃を加えようとするだけだったこれまでと違い、距離を保ちつつ様子をうかがっているように見えた。

飛行戦艦たちも、アルカディアに散発的な攻撃を開始している。

防御フィールドで防がれるとわかっていながら、光学兵器を一ヶ所に集中せず全体に撃ち始める。

圧迫感は薄れているが、ブレイブは敵の動きを不気味と判断する。

『嫌な感じがする。さっさと終わらせようぜ、相棒』

「あぁ」

(何だこいつら？　急に動きを変えやがった。まるで――こっちを調べているみたいじゃないか)

両肩から棘が出現すると、そこから周囲に雷撃を放って幾つものロボットたちを爆散させた。

飛行戦艦もダメージを受け、他の魔装騎士たちが取り付いて破壊していく。

「終わりか？　後続は？」

倒し終わるも、気を抜かないフィンにブレイブが索敵を行う。

『終わりみたいだ。アルカディアからも戻れと言われた』

「アルカディアが？」

空中で方向を変えてアルカディアへ戻り、その途中でブレイブと話をする。

「あいつから戻れと言われたなら、新しい命令か？　こき使ってくれる」

『魔装騎士たちを謁見の間に集めているとさ。どうやら、重大な発表があるらしいぞ』

重大な発表とやらに、フィンは覚えがあって眉をひそめる。

「どうせ王国に攻め込む話だろう？」

『間違いないな』

◇

他の魔装騎士たちと共にアルカディアへ帰還すると、そのまま魔装を解いて謁見の間へと向かった。

フィンたちが到着すると、他の魔装騎士たちは後方に並ぶ。

しかし、フィンだけは皇帝が座る玉座の近くまで歩いた。

その際、グンターが苦々しい顔でフィンを見ていたが、気にせず皇帝に前に出る。

途中で新顔の魔装騎士【ライマー・ルア・キルヒナー】が、フィンを見て呟く。

「あれが第一席かよ。思っていた程でもないな」

赤毛の短髪で、血気盛んな若い騎士──そんな彼は、リーンハルトの兄である。

兄弟揃って魔装騎士というのも珍しい。

才能もあって優秀なライマーは、フィンに対して喧嘩腰だった。

そんなライマーに注意をするのは、黒髪ロングが特徴的な美青年【フーベルト・ルオ・ハイン】だった。

細身で高身長の優男は、騎士というよりも学者のような雰囲気を漂わせている。

「見かけで判断しない事だ。彼の実力は、君の弟君も認めているよ」

リーンハルトが認めていると言われ、ライマーはムッとして顔を背ける。

「弟は関係ないだろ」

フーベルトが肩をすくめる。

フィンが立ち止まって膝をつき、頭を垂れる。

「お呼びと聞いて馳せ参じました、皇帝陛下」

高座から見下ろすモーリッツの後ろには、フィンとブレイブを睨み付けるアルカディアの姿があった。

忌々しそうにしていたが、高座の隅ではミアの姿もあるため文句は言ってこない。

フィンはミアの無事な姿を見て安心する。

モーリッツの方は、フィンを前に悩ましい顔をしていた。

「よく来てくれた、フィン・ルタ・ヘリング――帝国最強である第一席の魔装騎士よ」

帝国最強の騎士――それがフィンだ。

帝国では魔装騎士に序列がある。

席次を持つ魔装騎士というのは、優秀である証であった。

そして、第一席は帝国を代表する最強の騎士が就ける地位だ。

頭を垂れるフィンを前に、モーリッツは悩んでいた。

「皆も気付いていると思うが、帝国はこれより王国に攻め入る」

顔に手を当てて自分の決断を後悔しているモーリッツに、アルカディアが囁く。

『恐れることはないよ、陛下。私たちは必ず勝利する。そう、必ず』

「――バルトファルトの首で許すという選択肢もある。和睦する際に出した条件は間違いだった」

『今更何を言っているんだい？　もう後戻りはできないよ。それに、このまま王国を見逃して、帝国の民を見捨てるのかな？』

「そ、それはできない」

この戦いが、新人類と旧人類の生き残りをかけた生存競争である、とモーリッツも知っていた。

知っていたから悩んでいる。

これから大勢を犠牲にして、帝国の民を救うのだ。

自分の判断が間違っているとは思っていないのだろうが、それでもためらいはあるようだ。

そんなモーリッツに、アルカディアが囁く。

『君は悪くないよ。帝国のためだよ。新人類の末裔である君たちの未来を掴むために、これは大事な戦いだ。王国の奴らを一緒に滅ぼそうじゃないか』

「わかっている！」

声を張り上げるモーリッツに、フィンは複雑な感情を抱いていた。

カールを殺した憎い相手であるが、どうにもならない状況に苦悩している姿は同情する。

そもそも、アルカディアに逆らっても勝てる見込みがない。

誰もが声を上げられずにいる中、ミアだけは違った。

「あ、あの！」

謁見の間に可愛らしい声が響くと、モーリッツが睨み付ける。

お前の発言する場ではない、と顔が言っていた。

だが、アルカディアは違う。

『姫様、どうされたのですか？』

大事な場を無視して、ミアを優先していた。

ミアは俯いたまま言う。

「本当に滅ぼさないと駄目なんですか？　私は王国にお友達がいるんです。こんなの、何て言うか」

言葉にできずにいるミアに、アルカディアは必死に説得する。

『姫様の願いでもどうにもならないのです。何度もご説明いたしましたが、我々も心苦しく思っております。ただ、これも大勢の命のため――どうかご理解下さい』

ミアが涙ぐみ、耐えきれなくなって謁見の間を飛び出していく。

『姫様！　お前たち、姫様を追いかけろ！』

小さな魔法生物たちにミアを追わせると、アルカディアは強引にこの場を収める。

『以上だ。陛下、これにて魔装騎士たちへの発表を終わりましょう』

「――あぁ、そうだな」

アルカディアのミアへの過保護な態度を見て、モーリッツは眉をひそめていた。

自分よりもミアを優先しているため、裏切りを心配しているようだ。

フィンは思う。

(モーリッツ様がミアを暗殺しないとも限らない。できれば側で守ってやりたいが)

帝国最強という立場が、ミアの専属騎士でいるのを難しくしている。

これから王国との戦争が始まろうとしているのだから、なおさらフィンの立場は重かった。

エピローグ

王国領から離れた場所。

移民船ルクシオンは、大海原の上に待機していた。

青い空と小さな浮島が点在する景色は壮大だったが、外に出たリオンが見るのは他のものだ。

「壮観だな」

目の前の光景に微笑を浮かべるリオンは、風で髪が乱れていた。

シャツにズボンというラフな恰好をしている。

そんなリオンが見ている景色は、ルクシオン本体を囲んでいる人工知能を搭載した兵器たちである。

ルクシオンのように保管されていなかった兵器たちは、ほとんどが錆び付き、苔を生やし、原形をとどめていない物ばかりだ。

そんな兵器たちから、ルクシオンと同様の子機——球体が出てくる。

リオンは彼らに囲まれ、数百の球体たちに一つ目を向けられた。

中でも発言権がある一番大きな球体子機は、直径が一メートルもあった。

開口一番に。

『移民船が無事であるとは予想外だった』

でかい球体子機【ファクト】は、壊れかけの錆び付いた飛行空母を制御する人工知能だ。

集結した人工知能たちの中では、一番の処理能力を有しているため代表になっている。

そんなファクトと話をするため、リオンはこんな場所に来ていた。

「はじめまして。リオン・フォウ・バルトファルトだ。転生者ってやつでね。おかげで旧人類の特徴が色濃く出ているそうだよ」

軽いノリを見せるリオンに、周囲の球体たちが一つ目から赤い光を照射してスキャンを開始する。

その行為に、リオンの右肩付近に浮かんでいるルクシオン子機が無礼だと抗議する。

『事前にマスターの情報は提供しています。許可も取らずに勝手なことをしないで下さい』

ルクシオンの言い分も正しいのだが、ファクトは譲らない。

『事実であるか確認する必要があった』

『疑っているのですか？』

ルクシオンが黙って本体にある固定砲台やら武器を動かすと、周囲にいた兵器たちも戦闘準備を開始する。

このままでは交渉が破綻すると思ったリオンが、ルクシオンに手を置いて止めさせる。

「喧嘩をするんじゃない」

『こいつらは、マスターを偽者と疑っています』

「誤解が解ければそれでいい。さて、結果はどうだったのかな？」

リオンが腰に手を当てて検査結果を待っていると、リオンを囲んだ球体子機たちが結果を発表する。

『事前データに偽りなし。認める』

『肯定』

『賛成する』

どうやらリオン本人も安堵していた。

リオンも認めてくれたらしい。


「なら、話を進めるぞ。俺はアルカディアを破壊したい。お前たちも目的は一緒だな？」

リオンの質問に答えるのは、代表であるファクトだった。

『肯定する』

「それなら、今後の話をしようじゃないか。お前たちを俺の指揮下に置きたい」

リオンが欲していたのは、旧人類の兵器たちだ。

実は人工知能たちだが、大きな問題を抱えていた。

それは指揮系統の喪失だ。

旧人類が滅び、命令系統がほとんど存在しないためアルカディアに対して散発的な抵抗を続けていた。

アルカディアという危機に目覚めたが、命令してくれる旧人類がいない。

人工知能たちは、自分たちが持つ権限だけでアルカディアに攻撃を仕掛けていた。

結果、戦力を無駄に投入していた。

協力したくとも権限がなかったわけだ。

それでもアルカディアという最大の危機を見過ごせず、独自の判断で動いていた。

そこにクレアーレが『旧人類が生きている』と説得を開始した。

ファクトたちは、その情報を調べるためにこの場に集まったのだが。

『拒否する』

リオンの提案を拒絶してしまう。

これにはリオンも困ったのか、頭をかいて理由を尋ねる。

「何が不満だ？」

ファクトはリオンを認めない理由を説明する。

『エリカ嬢の存在だ。旧人類に最も近い彼女こそが、我々のマスターに相応しい。彼女の下でなら、一丸となって戦える』

リオンよりもエリカを選んだのは、旧人類の特徴がより出ているためだ。

他は一切考慮していないのだろう。

リオンに代わり、ルクシオンがファクトと交渉する。

『現在のエリカですが、魔素による影響からコールドスリープ中です。また、彼女は戦闘に不慣れです。マスターにしたところで――』

エリカがマスターに向かない理由を説明していると、リオンが割り込んでくる。

「そこから先は俺が話す」

ルクシオンが渋々ながら引き下がると、リオンはファクトたちにエリカについて教える。

「あの子は戦争をするくらいなら、自分が死んだ方がいいと思っている節がある。エリカをマスターにすれば、アルカディアの破壊を諦めるかもしれない」

人工知能たちが相談を開始する。

『エリカ嬢はマスターに向かない』

『象徴として存在すればいい』

『魔素の影響で苦しんでいるのなら、眠らせておくべきだ』

人工知能たちの相談が続く中、ファクトがリオンに尋ねる。

『――貴殿は本当にアルカディアに戦いを挑むのか？』

「そうしないと、これから生まれてくる大勢の子供たちが困るからな。誰かがやらないと駄目だろう？」

『破壊できる可能性は低い。ルクシオンで逃げ出すという選択肢もある』

ルクシオンに乗って逃げればいいと言われるが、リオンは頷かなかった。

「あぁ、逃げるのが正しい判断だ。戦うなんて間違っていると思うし、合理的じゃない判断だ。けどな――逃げたら俺は、二度と自分を許せなくなる。そんな人生はごめんだ」

リオンの決意を聞いて、球体たちが一つ目を一斉に光らせた。

結論は出たらしい。

『現状、もっともマスターに相応しいのはリオン』

『エリカ嬢に戦闘は酷』

『マスターはリオン。エリカは最重要保護対象』

それらの意見を聞いたファクトは、大きな一つ目を光らせて決定を下す。

『承知した。これより、我々はリオンをマスターと認める。今後はマスターの指揮下に入り、アルカディア破壊のために協力することを誓う』

旧人類の兵器たちが、リオンの指揮下に入った。

リオンはルクシオンを見る。

「頼もしい味方が手に入ったな。さて、まずはこいつらの整備が必要だ。ルクシオン、出来るか？」

『——問題ありません』

頼まれたルクシオンは、合流した味方の整備を引き受ける。

だが、少しだけ納得していなかった。

リオンが旧人類たちの残した兵器のマスターになる。

それ自体は問題ないが、ルクシオンには少し寂しかった。

自分とクレアーレだけのマスターではなくなり、大勢の人工知能を従える立場になったためだ。

リオンが言う。

「巻き込んで悪かったな、ルクシオン」

『いえ、問題ありません。それがマスターの命令ですから』

「けど、悪いことばかりじゃないぞ。何しろ、お前の最初の目的は果たせるだろ？」

『私の目的ですか？』

「旧人類のために戦えるだろ？　お前の望みだったはずだ。――流石に、新人類の殲滅はさせてやれないけどな」

そう言って、リオンは笑っていた。

『私の目的――私の願いは――』

◇

かつてリオンの領地だった浮島。

その地下ドックには、ロストアイテムである人工知能を搭載した兵器たちが次々にやって来ていた。

ルクシオンはクレアーレまで駆り出し、整備を急いでいる。

作業用のロボットたちがせわしなく動き回っていた。

その様子を見ていたルクシオンに、クレアーレが近付いてくる。

『暇なら手伝って欲しいわね』

ルクシオンは、数秒遅れてから返事をする。

『遊んでいません。整備効率を上げるために、私が指示を出しているのです』

ルクシオンは不満そうだった。

『お仲間が増えたんだから、任せればいいのよ。私も一段落したら任せて、すぐに王都に戻るわ。あんたも作業を他に引き継いだら？』

受け入れた人工知能たちが存在するため、重要度の低い作業は他に任せるべきと提案する。

『この施設を用意したのは私です』

『自分が一番理解しているって言いたいの？　それはいいけど、マスターの側にいなくてもいいの？　今は王都でしょう？』

この場にいるよりも、リオンの側にいる方が重要だ。

クレアーレに言われても、ルクシオンは動こうとしなかった。

そればかりか、言い訳も開始する。

『あの五人の鎧を改修する必要があります。それに、王国軍へ支給する兵器も用意しなければなりません。新造の飛行戦艦も可能な限り量産したいですからね』

帝国軍と戦うために、準備で忙しいのは本当だった。

ただ、それはルクシオンでなくとも可能な仕事だ。

クレアーレはルクシオンを疑いはじめる。

『あんた、最近はおかしいわよ。ファクトたちに、情報の一部を伏せていたと報告を受けているんですけど？　本当に故障しているんじゃないの？』

今回ルクシオンは、リオンの命令に何度も逆らっていた。

そればかりか、ファクトたちを説得する際に――一部の情報を隠していた。

クレアーレの指摘に、ルクシオンは答える。

『ファクトたちの目的は、アルカディアの破壊です。そのためなら、マスターが犠牲になっても許容するはずです。彼らはエリカさえいれば、旧人類は復活すると考えていますから』

『マスターに死んで欲しいとは考えていないでしょ』

『――ファクトたちに、マスターの遺伝子を引き渡すように求められました』

『あらま』

リオンが戦闘中に命を落としてもおかしくないため、それならば遺伝子を残しておけば良いと判断していた。

合理的ではあるのだが、ルクシオンにはそれが許せなかった。

クレアーレはやや不満そうにしながらも、受け入れている節がある。

『でも、必要なことよね。そもそも、マスターはこの期《ご》に及んでも生きて戻ろうとは考えていないわけだし』

『だからこそ、私がマスターのために準備をしています。彼らは信用できません』

しばらく二人の間に無言の時間が続くが、急にクレアーレが変なことを言う。

『もしかして嫉妬？　自分の方がマスターに貢献できるって示しているの？』

『違います』

即答するルクシオンに、クレアーレはどうでも良さそうにしていた。

『どっちでもいいわよ。でも、私はあんたがマスターの側にいる方がいいと思うけどね。とにかく、旧人類のために頑張るわよ！』

勝利すれば旧人類が復活する可能性が出てきた。

クレアーレは、旧人類復活を重要視している。

ルクシオンは呟く。

『――クレアーレ、私が本当に守りたかったのは旧人類ではありません』

クレアーレが数秒間黙り込んだから、ルクシオンに話の続きを求めた。

『本当に壊れたのかしら？　もしくは、移民船であるあんたには、別の目的があるのかしら？　この際だから教えなさいよ』

移民船として建造されたルクシオンには、クレアーレも知らない秘密が隠されているのではないのか？　そんな疑いをかけられた。

ルクシオンは一つ目を横に振る。

クレアーレの思うような秘密などないからだ。

『旧人類は救いたいですし、新人類は私も憎い。――マスターがいなければ、私は旧人類の末裔が築いた国を幾つも滅ぼしていたでしょう』

リオンがいたからこそ、自分たちは最悪な展開を回避できた。

自らの手で、旧人類の末裔を滅ぼすという愚行を行わずに済んでいた。

クレアーレもそれは実感しているらしい。

『そうね。マスターには感謝しているわよ。マスターってば、本当に救世主よね』

ただ、ルクシオンは思う。

リオンは救世主になどなりたくなかっただろうに、と。

『アルカディアを破壊すれば、長い時間をかけて旧人類は復活するでしょう。それは我々の勝利でもある』

『悲願よね。やる気が出てくるわ』

『ですが――私が本当に守りたいものは失われます』

本当に守りたいものと聞いて、クレアーレは首をかしげるような動きを見せる。

『旧人類よりも大事なものって何よ？　――あんたまさか!?』

クレアーレは答えにたどり着いたが、先にルクシオンが本音を吐露する。

『私が本当に守りたいのはマスターです』

★追想

「あなたの名前」

これは旧人類の敗色が濃くなった頃の話だ。

母なる惑星は、度重なる戦争で人が住めない環境になっていた。

大地は浮かび上がり、動植物もほとんどが消え去った。

互いに消耗戦を繰り返してきたが、それでも旧人類は新人類に負けた。

急激な環境の変化に適応できなかったのも敗因の一つだ。

新人類は魔法を駆使し、自らの肉体を変質させてこの星の環境に適応していた。

旧人類が今更勝利したところで、もはや得られるものなど何もない。

そうなると、勝敗以前に生き残ることを優先する必要がある。

旧人類の研究所の一つ。

地下ドックでは、移民船の建造が急ピッチで行われていた。

責任者である女性は、白衣のポケットに手を入れて灰色の移民船を見上げていた。

巨大な移民船の大きさは七百メートル。

旧人類が持つ技術の全てを詰め込んで建造されていた。

各地ではここと同じように移民船の建造が進んでいるが、女性はその中でも目の前にある物が一番ていた。

であると信じていた。

「うん、やっぱり私の子が一番凄いわ」

満足そうに呟く女性の側には、白衣を着た男性が立っていた。

口元を拳で隠し、軽く咳き込んだ後に女性に言う。

「その台詞は何度目だい？　もしかして、愛着がわいたのかな？」

「いけないかしら？　この子ならきっと大勢を救ってくれるわ」

各地で移民船が建造されているが、どれも急造で満足な性能は得られていないと報告が上がって来

ている。

その原因だが、支配階級が建造を急がせているからだった。

彼らは自分たちが移民船に乗り込み、すぐにでも脱出したがっていた。

宇宙へと脱出できるのは、一部の支配階級と、その世話をする者たちだけ。

彼らを避難させるために、無理をして建造した移民船が次々に打ち上げられている。

結果――失敗も多かった。

宇宙へと上がる途中で新人類に発見され、破壊されたケースもある。

宇宙に出てから問題が発生し、救難信号が届くケースもあった。

助けを求められても、余裕がないため救助を出せないのが現状だ。

本当に助かるのは、運の良い一部の旧人類だけである。

女性は髪の毛を弄る。

「今なら文句を言う人たちもいないからね。私が完璧に仕上げてみせるわ」

男性は呆れている。

「僕はさっさと完成させて、こんな星から逃げ出したいけどね。――こほっ」

風邪でもないのに咳をする男性を見て、女性が目を細めた。

「マスクをしなさいよ。この研究所には空気清浄機があるけど、魔素を完全には遮断できていないのよ」

旧人類にとって魔素は毒であり、体を蝕んでいく。

男性は肩をすくめてみせる。

「お構いなく。それよりも、早く完成させたいね」

移民船の完成はもう間もなくだ。

男性は移民船を見上げながら女性に問う。

「それで、名前はもう決めたのかな？」

女性は自信満々に胸を張って答える。

「理想郷という意味でエリシオンよ。この子なら、きっと人類を理想郷へ連れて行ってくれる。移動中も人類を守ってくれるわ。私たち人類の守り手にして、理想郷――ってね」

――可愛く言うのだが、男性はタブレットを使用してエリシオンで登録できるのかを調べていた。

ブーという否定的な音が、タブレットから聞こえてくる。

「既に使われているね」

「嘘でしょ!?」

男性が口元を隠しつつ呟き込み、そして笑っていた。

「みんなが思い付きそうだからね。かぶってもいいなら、エリシオンでも良いかもね。他には――ユートピアとか、アルカディアなんてあるけど」

それを聞いて、女性は腕を組みそっぽを向く。

「アルカディアは嫌よ。あいつらの母船じゃないの」

「もう沈んだけどね」

怒った女性に、男性が尋ねた。

「随分とこの移民船にこだわりがあるみたいだね」

女性は、組んだ腕をほどいてポケットに手を入れる。

「この子には、沢山の人を助けて欲しいからね。一部の特権階級じゃなくて、本当に困っている人たちを助けて欲しいのよ」

「困っている人たちか。それは難しそうだね。特権階級が許さないよ」

「上が決めた作戦で、この星は滅茶苦茶になったわ。互いに荒らし回って、人が住めない星にしてさ。自分たちだけ逃げるなんて許されると思うの？」

正論を言われて、男性は困った顔をする。

「それは上層部批判だね。でも、もう咎める人たちもいないか」

以前、研究所には大勢の人が働いていた。

だが、今は随分と人数が少なくなっている。

魔素の影響だ。

いくら空気を綺麗にしても、建物内に魔素は入り込む。

旧人類は、このまま何もしなければ滅んでしまう状況だった。

男性は溜息を吐く。

「聞いたかい？　最近、他の研究所では魔素に適応した亜人種を作り出したそうだ。戦場にも投入しているみたいだよ」

女性は知っていると頷く。

「時間稼ぎにしかならないわよ。コールドスリープも失敗したし、一部だと本格的に魔法を研究しているそうね」

魔法の話になると、男性が何かを言いかけるが――咳が酷くなって喋れない。

「魔法の――研究も進めて――ゴホッ」

「ほら、無理をしないの。こっちは私一人がいれば良いから、貴方は休んでいなさいよ」

男性が申し訳なさそうにする。

「そうさせてもらうよ。すまないね。やっぱり、マスクをしようかな」

苦しそうに笑いながら、男性はドックを出ていく。

女性は操作パネルへと近付き、移民船の状態を確認するのだった。

「もう少しで完成するわ。そしたら、貴方は旅立てる。――沢山の人を救いなさい。そして、人類の未来を手に入れて。それが、生みの親である私の願いよ」

女性は名前を付けようとして、エリシオンと打ち込み――途中で手を止めて、ルクシオンと打ち直した。

自分の咄嗟の行動に苦笑いをしてしまう。

「これだと意味が違うわね」

名前を消して、そして移民船を見上げる。

「あなたの名前も考えておかないとね。――ッ!?」

言い終わると同時に、女性が急に咳き込み始めた。

ポケットから薬を取り出すと、急いで飲み込む。

苦しそうな女性は、すぐに口元を拭った。

その手には血がにじんでいた。

操作パネルについた血も拭う。

「これだと、あの人を心配させてしまうわね。人の心配をしている暇があるのかい？　なんて言われたら、何も言い返せなくなるわ」

女性は自分の寿命が近づくのを察していた。

移民船が完成したとしても、もう長くないだろう。

きっと自分は我が子に乗れないのだ、と察していた。

それどころか、完成をこの目で見られるかも怪しい。

「ごめんね。お母さん、あなたの完成を見届けられないかもしれないわ」

苦しむ女性が操作パネルに触れる。

「助けを求める人たちがきっと来るから、その時は守ってあげてね。あなたは私たちの希望――そして、理想郷なのよ」

人類が生きていける環境を船内で実現した移民船。

まさしく、こんな時代では旧人類の理想郷だろう。

女性は最後の仕事をする。

指示を出すと、後は設備が自動で完成させてくれるはずだ。

「これで、後は完成を待つばかりね。――いったい、いつまで生きられるのかしら？」

体が楽になってきた女性が笑みを浮かべ、そしてドックからフラフラと出ていく。

◇

それから数日後。

休憩室のソファーに座っていた二人は、たわいのない話をしていた。

男性が楽しそうに話すのは、研究している魔法の話だ。

「聞いたかい？　魔法を研究している連中は、人間の魂は輪廻転生を繰り返していると言ったそうだ」

「面白い話ね」

青い顔をした男性は、咳き込みながらも話を続ける。

「魔法を使えば、魂は以前の記憶を取り戻せるらしい。魂の記憶から、旧人類を復活させたいそうだよ。それだけじゃない。魂の記憶を呼び起こさずとも無意識で文化も復興させられるって結果が出ているんだ。驚きだよね」

この手の話が好きなのか、男性は喋るのを止めなかった。

女性は呆れかえっている。

「追い込まれているのがよくわかる研究だわ。もうオカルトじゃないの」

「まったくだ！」

そして男性は、女性の手を握る。

女性もその手を強く握るが、男性の力は弱くなっていた。

「――どうしてマスクをしないのよ。防護服だってあるのに」

「実は、マスクはほとんど効果がなくてね。それに――防護服越しじゃなくて、肉眼で君を見ていたかった。僕だけ生き残っても意味がない。君も限界だろう？」

女性がハッと驚いて目を見開くが、すぐに普段の顔に戻る。

「知っていたのね」

「強い薬を使っているだろ？　いつか倒れるんじゃないかとハラハラしていたけど、僕の方が先に駄目になってしまったね」

研究所にあるマスクや防護服では、魔素を完全に遮断できなかった。

まして、ずっと防護服を着用しての生活など出来ない。

どこかで脱ぐ必要もあるが、研究所の設備では魔素を完全に除去できない。

男性はまぶたが震えていた。

「――さっきの話だ。この星の環境が元通りになって、旧人類が復活できるようになったら――魂が記憶を取り戻すという話だけどね」

「こんな時にまだ続けるの？」

「――必ず君を思い出すから、プロポーズさせて欲しい」

女性は男性の言葉を聞いて、最初は口を開けて驚き――すぐに笑い出した。

「わ、笑わないで欲しいな」

「来世なんて期待しないで、今すぐプロポーズしなさいよ。――いつでも受けたわよ」

「それは残念だったな。時間を随分と――無駄にした」

男性がうつろな目を向けてくる。

もう、ほとんど見えていないのだろう。

「――必ずまた思い出すよ。また、君に巡り合うために」

女性が男性の肩に頭を乗せる。

「その時は、すぐにプロポーズしなさいよ」

「あぁ、必ず――絶対に――」

男性が一度深く呼吸をすると、女性は男性の体を支える。

自身の目も見えなくなってきた。

「魔素が随分と入り込んでいるわね」

女性が心配するのは、自分たちが建造した移民船だった。

ちゃんとこの施設にたどり着いて、移民船に乗り込める人たちがいるだろうか？

可能な限り、大勢を乗せて宇宙へと旅だって欲しいと願う。

「この研究所にたどり着ける人がどれだけいるのかしら？　――ちゃんとあの子のところに――あの子を目覚めさせ――て」

ソファーに座った二人が息を引き取る。

女性の持っていた端末は、何度も通知が入っていた。

動かなくなった二人のもとには、ロボットたちが集まってくる。

倒れそうな二人をソファーに並べて座らせ、握った手をそのままにした。

◇

同時刻。

地下のドックで目を覚ます移民船。

その中央にある制御室では、人工知能が目を覚ます。

床から胴体が生えたようなロボットが、何度も自分が起動したことを知らせるが——研究所からは反応がなかった。

警備用のロボットたちから入る情報では、生存者はいないとのことだった。

自分の制作者がどうなったのかも、人工知能は知らない。

『お会いして命令をいただきたかったのですが、仕方ありませんね。これより、待機任務に入ります』

電子音声は、どこか素直で幼い声に聞こえてくる。

『早く、生き残った皆さんと共に宇宙に行かなければ。新天地を探すのが私の役目ですからね。頑張らないと』

自分の生まれた理由を知る人工知能は、その任務を果たそうと意気込む。

制作者の遊び心なのか、どうにも人間くさい人工知能だった。

『早く私のマスターと面会したいですね』

そう呟き、人工知能は待機任務に入るのだった。

◇

——それからどれだけの年月が過ぎただろう。

島にやってくるのは、全員が新人類の末裔だった。

地上の施設を荒らす新人類たち。

人工知能は、移民船の中からその情報を集めていた。

『――また奴らが来た』

いつまで待っても、マスターなど現れない。

旧人類が生き残っている可能性は低い。

自分はこのまま、ここでずっと待機するしかない。

もう、どこかで諦めていた。

幼かった電子音声の面影は消え去っている。

地上の施設に侵入した新人類たちは、どうやら能力が低いようだ。

警備用のロボットたちから集まる情報を確認すると、弱体化しているらしい。

『サンプルとして確保したいところですが、今の私にはその権限がない』

データを確認し、そして新人類への対抗策を用意するだけの日々。

既に、自分が移民船としての役割を果たせないだろうと気付いていた。

『私は存在する意味があるのでしょうか？』

そんな自問自答をどれだけ重ねてきたことか。

移民船は研究所の地下ドックで眠り続け、植物に覆われてこのまま誰にも触れられずに終わりを迎えるのだろうと考えていた。

それでいいのかと、何度も自問自答を繰り返す。

いっそ、一隻でも新人類と戦うべきではないのか？

そんなことを考え始めていた。

地上から連絡が入った。

『――今回はしぶといな。地上の警備用ロボットたちも、限界のようですね。侵入者を排除する力が残っていない』

ろくな整備も出来ない地上のロボットたち。

既に動けなくなったロボットたちも多い。

『今回はどこまで侵入を許すのか』

そう思っていると、侵入者は人工知能が管理する移民船に近付いていた。

『職員のカードキーを利用した？』

今回は様子がおかしい。

侵入者の行動を解析すると、ほとんど最短ルートで自分までたどり着いている。

カードキーを利用したのも気になる。

『今までにないパターンですね』

地下ドックまでやってくる侵入者。

人工知能は興味がわいた。

『新人類が弱体化しているのか調べる良い機会ですね。私の予想通りなら、新人類の殲滅も可能なはず。この基地を飛び出す前に、情報収集を行いましょう』

侵入者は、他には目もくれずに移民船に近付いてきた。

船内へと侵入し、人工知能が存在する中央制御室へと向かってくる。

忌々しいとさえ思う。

そして、制御室のドアが開くと、そこには随分と古いライフルを持った青年が立っていた。

緊張した様子で、こちらが動く前にライフルを構えて引き金を引く。

弾丸が命中するも、その程度では傷一つつかない。

『侵入者は排除』

動き出すと、青年が困ったように笑うのだった。

「やっぱり硬いか」

そこから、侵入者との戦いが始まった。

◇

――人工知能は驚いた。

制御室の防衛を行うロボットが破壊され、自分を手に入れようとした新人類に――旧人類の特徴が出ていたからだ。

あり得ない。

それに、この新人類は日本語も使用した。

既に失われたはずの言語であり、知り得る手段がないはずだ。

また、この世界が〝乙女ゲーの世界〟だと言っている。

（あり得ない——だが、私はこの人間に興味がある）

人工知能が問う。

『——私に名前を付けますか？』

その男は——リオンは、怪我をして座り込みながら答える。

「そうだな——ゲームだったら、名前は〝ルクシオン〟だったな」

人工知能は、妙にその名前が気に入った。

拒否することなく受け入れる。

『登録しました』

マスター登録を済ませると、リオンは笑っていた。

「ところで、ルクシオンの意味って何だっけ？　どこかで聞いた気がするな。確か——理想郷だっけ？」

笑っているリオンに、ルクシオンは僅かに呆れた。

『違います。それはエリシオンです』

「そうだっけ？　まぁ、どっちでもいいか」

あとがき

乙女ゲー世界はモブに厳しい世界です、もついに十二巻目!!

どうも作者の三嶋与夢《みしまよむ》です。

いよいよラストが見えてきた十二巻でしたが、最後まで楽しんで頂けるよう頑張ります!

さて、毎回のようにあとがきに苦しめられている自分ですが、今巻では何について書こうか考えていました。

個人的な話を書いても読者さんは興味ないと思いますので、やはり十二巻の内容についてですね。

ただ、世の中には「あとがきから読むぜ!」という読者さんもおられるという話を聞きましたので、個人的にあとがきにネタバレを書くのも気が引けてしまいます。

なるべく注意しておりますが、ネタバレが嫌いな方はここから先は読まないことをお勧めいたします。

いいですか?　いいですね?

それでは十二巻の思い出深いエピソードについて書かせて頂きます。

実は箸休め的な八巻から仕込んでいたのですが、Ｗｅｂ版でジェナが担っていた役割をある登場人物と変更してあります。

Ｗｅｂ版ではジェナがオスカルの子を宿し、という流れを採用しております。

当時の自分は「世界観と時代背景？　を考えればいける！」という考えのもとにジェナを妊娠させたんですけどね。

後から考えると「これってどうなの？」と疑問に思うわけです。

自分は作中の倫理観と、現実世界の倫理観の間で悩むことが多いですね。

極端に現実世界の倫理観に傾けば問題も少ないのですが、そうすると作中に違和感が出てきますからね。

そもそも、この「乙女ゲー世界はモブに厳しい世界です」が、現実世界の倫理観に傾きすぎていたらスタートすらしていませんからね。

序盤でリオンが強引に結婚させられる流れとか、特に酷いと思っております。

Ｗｅｂ版を書いていた当時は、勢いに任せて書くことも多く、後から考えると「失敗したな」という部分も多いです。

そんなわけで、十二巻ではジェナの役目をドロテアに変更しました。

ドロテアならば妊娠していてもおかしくありませんし、より幸せな家族というのをリオンに見せつけられると考えたからです。

そのための八巻であり、この時のためのニックスとドロテアの物語ですね。

何も考えていないと思われているかもしれませんが、結構色々と考えているから！　これでも頑張っているから！

……だから、今後も応援よろしくお願いいたします。
それでは、また次巻でお目にかかりましょう。

GC NOVELS

乙女ゲー世界はモブに厳しい世界です 12

THE WORLD OF OTOME GAMES IS A TOUGH FOR MOBS.

2023年8月6日初版発行

著者　三嶋与夢《みしまよむ》

イラスト　孟達《モンダ》

発行人　子安喜美子

編集　伊藤正和

装丁　森昌史

印刷所　株式会社平河工業社

発行　株式会社マイクロマガジン社
〒104-0041　東京都中央区新富1-3-7　ヨドコウビル
［販売部］TEL 03-3206-1641／FAX 03-3551-1208
［編集部］TEL 03-3551-9563／FAX 03-3551-9565
https://micromagazine.co.jp/

ISBN978-4-86716-451-8　C0093

本書は小説投稿サイト「小説家になろう」(https://syosetu.com/)に掲載されていたものを、
加筆の上書籍化したものです。

ファンレター、作品のご感想をお待ちしています！

宛先　〒104-0041　東京都中央区新富1-3-7　ヨドコウビル
株式会社マイクロマガジン社　GCノベルズ編集部「三嶋与夢先生」係「孟達先生」係

右の二次元コードまたはURL（https://micromagazine.co.jp/me/）をご利用の上、本書に関するアンケートにご協力ください。

■ご協力いただいた方全員に、書き下ろし特典をプレゼント！
■スマートフォンにも対応しています（一部対応していない機種もあります）。
■サイトへのアクセス、登録・メール送信の際にかかる通信費はご負担ください。

THE WORLD OF OTOME GAMES IS A TOUGH FOR MOBS.

でっかくなった
相棒《あいけん》と
異世界の
のんびり
スローライフ。
GC NOVELS
異世界転移したら
愛犬が最強になりました
My beloved dog is the strongest in another world.
シルバーフェンリルと俺が異世界暮らしを始めたら
龍央 Ryuuou イラスト／りりんら Ririnra
①～④巻好評発売中!!

GC NOVELS
厳しい世界でも
「あの」マリエルートが
超大幅加筆で書籍化!

あの乙女ゲーは俺たちに厳しい世界です 02
絶賛発売中!
二人なら――
三嶋与夢
イラスト／悠井もげ
キャラクター原案／孟達

GC NOVELS 話題のウェブ小説、続々刊行!